THiLO

*1000 Gefühle*
Liebesflüstern beim Schulball

THiLO verbrachte den Großteil seiner Kindheit in der elterlichen Buchhandlung – die optimale Vorbereitung auf seine spätere Laufbahn als Autor. Nach dem Studium arbeitete er für Funk und Fernsehen und schrieb unter anderem Drehbücher für „Bibi Blocksberg" und „Sesamstraße". Für den Roman zum Film „Wickie und die starken Männer" gewann er den österreichischen Buchliebling 2010. Heute lebt er mit seiner Frau, seinen vier Kindern und einem feuerroten Kater in Mainz.

Mehr über THiLO gibt es unter
www.thilos-gute-seite.de

THiLO

# 1000 Gefühle
## Liebesflüstern beim Schulball

Mit Illustrationen von Carolin Liepins

Ravensburger Buchverlag

Als Ravensburger Taschenbuch
Band 52565
erschienen 2016

1 2 3 4 5  E D C B A

Originalausgabe
© 2016 Ravensburger Buchverlag Otto Maier GmbH
Lektorat: Gabriele Dietz
Illustrationen: Carolin Liepins
Umschlaggestaltung: Maria Seidel, atelier-seidel.de
unter Verwendung von Motiven von © Hi-jang/Thinkstockphoto;
© Annykos/Thinkstockphoto; © nnnnae/Thinkstockphoto
sowie Illustrationen von Carolin Liepins

Alle Rechte dieser Ausgabe vorbehalten durch
Ravensburger Buchverlag Otto Maier GmbH
Postfach 18 60, D-88188 Ravensburg

Printed in Germany
ISBN 978-3-473-52565-2
www.ravensburger.de

# Inhalt

Halbe Portion   7
Achtundzwanzig Smileys   32
Wuff!   41
Darf ich bitten?   51
Crazy Cool   58
Eins, zwei, drei   68
Nicht so gemeint   76
Schluss mit lustig?   83
Petze   86
Aschenputtel   94
Nie-Kohle   101
Cindy, o Cindy   108
Gabriel-Tag   117
Cola oder Limo?   130
Prinzessin zwei   140
Prinzessin eins   149

Psychotest   155

*Mens sana in corpore sano* – dieser Leitspruch stand in goldenen Buchstaben über dem Eingang des vornehmen Internats Schloss Heidesand. *Ein gesunder Geist in einem gesunden Körper* hieß das, wie jeder Schüler übersetzen konnte. Nach den Ansichten der Gründer des Internats genügte es nicht, nur den Geist zu schulen. Sie waren sich sicher – wie schon die alten Lateiner –, dass auch der Körper trainiert werden musste, damit aus Kindern selbstbewusste Erwachsene wurden. Deshalb legte das Internat nicht nur Wert auf Mathematik, Deutsch, alte und neue Sprachen und die Naturwissenschaften. Auch Sport stand im Zentrum der Ausbildung, dazu die verschiedensten Kunstdisziplinen. Auch moderne. Schloss Heidesand war kein verstaubtes Internat, wie es in alten Büchern auftaucht. Die Regeln waren streng, aber wer sich an sie hielt, der konnte eine Menge fürs Leben lernen.

Normalerweise fühlte Hannah sich hier pudelwohl. Doch gerade marschierte sie mit gesenktem Kopf durch die Flure des Internats. Dieser Tag war irgendwie verhext! Zuerst der blöde Mathetest. Doktor Martins hatte ihn unangekündigt schreiben lassen, als „Zünglein an der Waage", wie er sich ausgedrückt hatte. Gestelzt wie immer. Das sollte bedeuten, wenn jemand zwischen zwei Noten stand, würde der Test entscheiden. Hannah stand zwischen zwei Noten. Zwischen Vier und Fünf. Der Test hatte sie völlig auf dem falschen Bein erwischt. Mit anderen Worten: Sie hatte ihn verhauen, das spürte sie. Bis zu den Zeugnissen waren es nur noch knapp drei Wochen …

Dann hatte auch noch Nicole, diese Zicke, sie bei der Abgabe der Hefte mal wieder mit ihrem typisch abweisenden Blick angesehen. Hochnäsig lächelnd. Nicole ließ Hannah bei jeder Gelegenheit spüren, dass sie ihrer Meinung nach nicht hierhergehörte. Schloss Heidesand war ein Eliteinternat. Nur die Reichsten der Reichen schickten ihre Kinder auf diese Schule. Die Lehrer waren erstklassig, der Unterricht modern, die Klassen klein und die Ausstattung der Klassenzimmer auf dem neusten Stand der Technik. Vor allem aber waren die Ansprüche an die Schülerinnen und Schüler hoch. Einige von ihnen waren auf Heidesand, weil sie an normalen Schulen „versagt" hatten, wie Frau Direktor Malmedee oft genug betonte. Die Eltern fürchteten, dass ihre Sprösslinge anderswo keine Chance auf einen Abschluss hatten. Andere Eltern wollten sich um ihre Pflichten drücken und ihre Kinder möglichst wenig zu Gesicht bekommen.

Hannahs Eltern gehörten zu keiner der beiden Kategorien. Zu den Reichsten der Reichen schon mal gar nicht. Ihr Vater hatte eine kleine Buchhandlung, wo ihn Kunden eigentlich nur beim Lesen störten. Hannahs Mutter arbeitete in einem Blumenladen. Ihre Jobs machten ihnen Spaß, aber viel Geld kam nicht dabei herum.

Also musste Hannah selbst das teure Schulgeld bezahlen, nämlich mit ihrem großen Talent. Mathe hasste sie, in Altgriechisch und Latein kam sie mit, in Bio, Geschichte und Deutsch war sie ziemlich gut und Englisch liebte sie. Doch die Fächer, in denen ihr Können herausstach, waren genau die Schwerpunkte auf Schloss Heidesand: Schauspiel, Tanz, Musik. Hannah hatte sich schon immer für alles interessiert, für das man eine Bühne brauchte. Ihre Eltern hatten sie von klein auf mit zu den unterschiedlichsten Aufführungen genommen. Zum Ballett und ins Theater, sogar Opern fand Hannah einigermaßen erträglich. Am tollsten aber waren eindeutig die Musicals. Von diesen Shows war Hannah von Anfang an völlig begeistert gewesen. Schon mit fünf Jahren übte sie zu Hause vor dem Ankleidespiegel Tanzschritte, ganze Choreografien dachte sie sich selbst aus. Bald sang sie auch dazu und führte vor Verwandten und Nachbarn ihre eigenen Shows auf. Sogar Eintrittskarten hatte Hannah dafür gebastelt und verkauft. Eine davon hatte sie immer noch in ihrer Geldbörse, als Glücksbringer. Dieses kleine Stück Papier sollte Hannah immer daran erinnern, sich richtig ins Zeug zu legen, um ihren großen Traum wahr zu machen: Schauspielerin in einem Musical zu werden. Doch das war nicht leicht. In der Kleinstadt, in der sie lebte, gab es für so etwas keine Ausbildungsmöglichkeit. Hannah belegte an der Volkshochschule Kurse, die sie kaum weiterbrachten. Im Gemeindezentrum gab es eine Jazz-Tanz-Gruppe, immerhin. Hannah war schon mit zehn Jahren der heimliche Star der Truppe. Sie hatten ein paar umjubelte Auftritte auf einer Karnevalsfeier und beim Sportfest. Aber mehr passierte nicht. Hannah musste sich damit abfinden, dass aus dem Traum nichts werden würde. Nach ihrer Schulzeit würde sie zu alt sein, um noch den Anschluss zu kriegen.

In Gedanken versunken, betrat Hannah den Speisesaal von Schloss Heidesand. Sie wollte nur eine Kleinigkeit essen, schließlich hatten sie direkt im Anschluss an die Mittagspause Probe. Vollgestopft würde sie die komplizierten Figuren nicht hinbekommen. So hatte sie sich angewöhnt, reichlich zu frühstücken und sich abends, nach dem anstrengenden Training, den Teller richtig zu füllen. Wer etwas leisten wollte, brauchte schließlich Power.

Hannah stellte sich an der Salattheke an. Auch das Essen hier war von einer ganz anderen Qualität als in einer normalen Schulküche. Die Gerichte waren meistens richtig lecker, fast wie in einem Restaurant. Was für ein Glück, dass sie in diesem Internat gelandet war – von Mathe abgesehen!

Vor einem knappen Jahr hatte ihre Mutter in einer Illustrierten von Schloss Heidesand gelesen. Natürlich war ausgeschlossen gewesen, dass Hannah dort angemeldet werden konnte. Die Jahresgebühr war höher als der Verdienst ihrer Eltern. Doch am Ende des Berichts hatte noch eine kleine

Notiz gestanden. Ein Satz nur, der Hannahs Leben eine neue Richtung gab: Pro Jahr wird ein Stipendium vergeben, Bewerbungen an blablablubb.

Noch am gleichen Tag setzte Hannah ein Bewerbungsschreiben auf. Das Abschlusszeugnis der fünften Klasse war zum Glück hervorragend gewesen und auch für die sechste Klasse bescheinigten die Lehrer ihr im Voraus gute Noten. Doch darauf kam es dem Prüfungsausschuss von Schloss Heidesand nur am Rande an. Das Stipendium sollte an außergewöhnliche Talente im Bereich Schauspiel, Tanz, Musik vergeben werden, wie es in den Unterlagen hieß. Hannah legte ihre Urkunden und Teilnahmebestätigungen aller Kurse, die sie besucht hatte, hinzu. Und eine verwackelte Aufnahme vom Auftritt der Jazz-Tanz-Gruppe im Gemeindehaus. Sie entschuldigte sich mehrmals in dem Schreiben für die Qualität, aber sie hatte eben keine anderen Beweise für ihr Können.

Zu Hannahs Erstaunen schien der Ausschuss Hannahs Talent auch so erkannt zu haben. Denn zwei Wochen später flatterte die Einladung zum Vorspielen ins Haus. Hannah probte mit dem Leiter ihrer Gruppe, bis ihr die Füße schmerzten. Sie gönnte sich keine Pause, sie sang, tanzte und übte eine kurze Szene aus einem Theaterstück ein. Am Tag der Prüfung hatte sie Magenschmerzen. Und als sie das Schloss betrat, fühlte sie sich noch schlechter: klein und dumm und wie ein Bauerntrampel vom Land. Genau so, wie Nicole sie heute noch behandelte. Alles war so vornehm auf dem Schloss. Die Lehrer trugen geschmackvolle Kleidung, die Männer Anzüge, die nicht seit zwanzig Jahren aus der Mode waren, die Frauen schicke Kostüme wie leitende Angestellte in großen Unternehmen.

Die Räume waren ruhig, die Möbel stilvoll. Zehn Mitbewerberinnen saßen im Gang, dazu ein Junge. Keiner sprach ein Wort. Hannah hätte allen gegönnt, das Stipendium zu bekommen. Doch es gab ja nur eins und das wollte sie!

Sie kam als Letzte an die Reihe, auch das noch. Als sie die Bühne sah, wurde sie noch nervöser. Die Technik war vom Feinsten, sie bekam sogar ein Kopfmikrofon. Doch kaum setzte die Musik ein, die Hannah mitgebracht hatte, war es mit dem Lampenfieber vorbei. Sie sang, tanzte und sprang über die Bühne, als würde sie vor tausend Zuschauern auftreten. Sie gab alles, schraubte ihre Stimme in die Höhe, ohne dass sie zitterte, schwang die Beine und gab insgesamt eine gute Figur ab, wie sie fand.

Als die Musik verklang, blieb es einen winzigen Augenblick still. Dann klatschten die vier Mitglieder des Ausschusses. Das hatten sie auch bei den anderen Kandidaten getan, wie Hannah durch die Tür gehört hatte. Doch sie war sich ganz sicher, es hatte nicht annähernd so begeistert geklungen wie nun bei ihr.

Hannah behielt recht. Sie und ihre Mutter wurden sofort in

das Büro von Frau Direktor Malmedee geführt, um alle nötigen Formulare auszufüllen.

„Willst du das wirklich?", hatte ihre Mutter noch einmal gefragt. Schließlich würde ihre Tochter dann beinahe das ganze Jahr von ihren Eltern getrennt sein. Aber Hannah nickte.

„Es ist mein großer Traum, Star in einem Musical zu werden, Mama, das weißt du doch", hatte sie geantwortet. Die Direk-

torin hatte unmerklich gelächelt. Ob sie die Einstellung ihrer neuen Schülerin dumm und unreif fand oder selbstbewusst und ehrgeizig, wusste Hannah bis heute nicht. Jedenfalls konnte sie zu Beginn des neuen, ihres siebten Schuljahres, auf Schloss Heidesand anfangen. Und noch etwas war neu: Max, der Junge, der vorgetanzt hatte, wurde ebenfalls genommen. Zum ersten Mal in der Geschichte des Schlosses waren zwei Stipendien vergeben worden.

Hatte Hannah anfangs noch Respekt vor dem Geld ihrer Mitschüler, so legte sich dies schnell. Außer von Nicole wurde sie von allen ganz normal behandelt. Lena, mit der Hannah sich das Zimmer teilte, war schon nach der ersten Woche ihre Freundin und kurz darauf ihre *allerbeste Freundin aller Zeiten* geworden. Der Unterricht, auch wenn er viel länger dauerte, als an Hannahs alter Schule, machte meistens Spaß. Außer heute.

„Chinesische Gemüsepfanne", bestellte Hannah bei der Frau hinter der Theke, während sie sich schon einen Teller Salat nahm. „Halbe Portion."

Vor ihr drehten sich drei Jungs um.

„Wie nennst du mich?", sagte einer von ihnen mit ernstem Gesicht. „Halbe Portion?"

Hannah schluckte. Sie war in Gedanken noch komplett bei dem bescheuerten Mathetest gewesen. Deshalb hatte sie *ihn* gar nicht bemerkt. Gabriel. Gabriel, der sie gerade mit seinen blauen Augen anstarrte, die tief waren wie Bergseen. Gabriel war der coolste Typ des ganzen Internats. Er ging in die neunte Klasse, zwei Jahre über Hannah. Seine Haut war im Winter so braun gewesen, als käme er gerade aus einem Urlaub in der Karibik. Was auch stimmte, wie Hannah erfahren hatte. Seine Eltern hatten ihre Yacht dort an einem Atoll liegen, dessen Namen sie nicht mal aussprechen konnte. Für Gabriel hingegen war diese Yacht so etwas wie der zweite Wohnsitz. Ach, Gabriel!

Wie sehr hatte sie sich gewünscht, einen Grund zu finden, um ihn anzusprechen. Und jetzt das!

„Nein, ich, äh …", stammelte Hannah und kam sich gleich noch dümmer vor. „Ich, also, ich habe nicht zu dir halbe Portion gesagt, sondern zu der Küchenhilfe."

Gabriel verschränkte die Arme vor der Brust. „Du nennst die Küchenhilfe eine halbe Portion? Wie kommst du dazu?", erkundigte er sich ernst. „Man muss höflich zu seinen Angestellten sein, das wussten schon die alten Römer!"

Die beiden Jungs neben Gabriel sahen Hannah grimmig an.

Hannah versuchte zu lachen. Dabei rutschte der Salatteller immer weiter an den Rand ihres Tabletts.

„Ähm, äh, nein!" Hannah spürte, wie sie knallrot wurde. Ihr Gesicht glühte. Hätte jemand den Raum verdunkelt, wäre sie ohne Probleme zu finden gewesen. „Also, ich meine …"

Weiter kam sie nicht. Gabriel prustete als Erster los, seine beiden Kumpels stimmten ein.

„Lass dich nicht verarschen, Mädchen", sagte Gabriel.

„Schon gar nicht von einer halben Portion wie Gabriel", feixte einer der Freunde.

Hannah schluckte. Vor ihren Augen begann es zu flimmern. Sie wollte sich schnellstens verdrücken. Dabei stolperte sie jedoch und der Salat rutschte von ihrem Tablett, der rotbraune Balsamessig kleckerte über Gabriels nagelneue, schneeweiße Sneakers.

„Uups, 'tschuldigung", stotterte sie und wurde noch stärker rot. „Das ... das wollte ich wirklich nicht."
Hannahs erster Impuls war, den Speisesaal auf der Stelle zu verlassen. Doch ihr Magen protestierte alleine schon bei dem Gedanken. Das Tanztraining gleich würde hart werden, sie brauchte Energie. Also flüchtete sie mit ihrem Tablett und hockte sich mit bebendem Herzen an einen Tisch in der hintersten Ecke. Mit ihrer halben Portion. Vor Wut ballte sie die Fäuste unter dem Tisch. „So ein Arsch!", murmelte sie wütend. Schimpfwörter waren am Internat streng verboten. Aber das hier musste raus!

Hannah stieß die Gabel in den Reis, als hätte der sie beleidigt. Gabriel stand noch immer an der Ausgabetheke. Wie ein begossener Pudel versuchte er, seine Schuhe von Gurkenscheiben, Salatblättern und Bohnen zu säubern. Am Ende zog er sie einfach aus, pfefferte sie in den Mülleimer und ging barfuß nach draußen. Seine beiden Kumpels warfen Hannah einen grimmigen Blick zu, dann folgten sie Gabriel.
„Dem hast du's aber gegeben", sagte eine Stimme. „Darf ich?"
Ein Tablett wurde auf den Tisch gestellt. Hannah nickte und sah auf. Es war Stella aus ihrer Klasse. Eigentlich eher ein Mauerblümchen, das nie den Mund aufkriegte und bei gar nichts mitmachte. Vielleicht aber auch, weil niemand sie je-

mals fragte? Stella war einfach zu uncool. Jetzt aber hatte Hannah nicht die Kraft, sie mit einer erfundenen Geschichte abzuwimmeln. Sie fühlte sich einfach obermies. Sie nickte.

Stella schob ihr Tablett neben Hannahs und setzte sich.

„Endlich zeigt's dem mal jemand", sagte sie. „Der ist so furchtbar arrogant."

„Ja", murmelte Hannah. Und so süß …, dachte sie.

Sie hatte es verbockt. Der Tag war eben verhext. Jetzt hatte sie auch noch Stella am Hals.

Die sagte nichts mehr, sondern aß schweigend ihre Pizza Hawaii. Natürlich ordentlich mit Messer und Gabel. Stella tat nie etwas, das sich nicht gehörte, noch nicht einmal Pizza mit der Hand essen.

Hannah beeilte sich, fertig zu werden. Man stieg nicht gerade im Ansehen, wenn man mit Stella zusammen war.

„Ich muss jetzt", sagte sie. Noch während sie sich die letzte Gabel Gemüse in den Mund schob, sprang sie auch schon auf. Nur weg aus diesem Saal des Grauens!

Hannah verließ das Schloss und lief auf das Nebengebäude zu, wo die Schlafräume lagen. Sie wollte die Schulsachen wegbringen und ihre Sporttasche holen. Bis zur Probe blieben ihr noch ein paar Minuten. Sie hoffte sehr, Lena auf dem Zimmer anzutreffen.

Aber Lena war nicht da. Traurig stellte Hannah ihren Rucksack unter die Garderobe.

Die Zimmer für die Schüler waren alle gleich geschnitten.

Unter einem hohen Fenster standen zwei Schreibtische nebeneinander. Von hier aus konnte man am Schloss vorbei auf den See sehen. Es war ein traumhafter Blick, leider waren ihre Augen aber meistens auf Bücher und Hausaufgaben gerichtet, wenn Hannah und Lena hier saßen. Computer waren auf den Zimmern nicht erlaubt, dafür gab es einen EDV-Raum. Links und rechts von den Tischen stand je ein Schrank und ein Regal über Eck. Daneben die Betten. Am Fußende der Betten war Platz für ein größeres eigenes Möbelstück.

Hannah hatte einen fetten Sitzsack von zu Hause mitgebracht. Darauf passten sie auch zu zweit. Lena hatte ihre E-Gitarre vor ihrem Bett aufgebaut. Sie wollte eine Band gründen, sobald sie mit der Schule fertig war. Die Texte, die sie schrieb, hätten zum sofortigen Rausschmiss aus dem Internat geführt …

Hannah schaltete ihr Smartphone ein. Auf dem Schulgelände waren Handys strengstens verboten, sie mussten ausgeschaltet in den Taschen bleiben. Am liebsten sahen es die Lehrer, wenn alle elektrischen

Geräte auf den Zimmern blieben. Wer während einer Klassenarbeit mit Handy und Co. erwischt wurde, bekam wegen Mogeln sofort einen Schulverweis. Auch wenn das Ding aus gewesen war. Die Lehrer wussten eben genau, wie gut ihre Schüler mit diesen Geräten umgehen und sich fehlende Informationen im Internet beschaffen konnten.
Eine Nachricht war eingegangen. Lena hatte geschrieben:

```
Hi, allerbeste Freundin aller Zeiten! Bin noch
in der Förderstunde Latein. Sehen uns gleich bei
der Musical-Probe. Und dann musst du mir beim
Aussuchen helfen. Welches Kleid soll ich nehmen?
```

Hannah schüttelte verwundert den Kopf. Kleid? Aussuchen? Was meinte Lena? Sie gingen oft zusammen shoppen, klar, und berieten sich. Was die eine nicht mochte, kaufte die andere nicht. Meistens war es allerdings sowieso Lena, die kaufte. Hannah bekam nicht mal ein Viertel von dem Taschengeld, das Lena zur Verfügung hatte. Trotzdem machten ihre gemeinsamen Touren irre Spaß. Besonders im Crazy Cool, einem kleinen Laden, der nicht die üblichen Sachen hatte. Wenn man da

Klamotten kaufte, konnte man sicher sein, dass sie auf der nächsten Party nicht die halbe Schule anhatte. Aber von einer Tour in die Stadt am heutigen Nachmittag hatte Lena nichts erwähnt. Hannah hatte auch gar keine Zeit, und Lena eigentlich auch nicht. Und außerdem: Kleid? Lena trug eigentlich ausschließlich Hosen oder Röcke und T-Shirts.

Hannah packte ihre Tasche und wollte gerade gehen, als sie den Katalog auf Lenas Bett entdeckte. Auf dem Cover war eine Frau um die vierzig in einem golden glitzernden Abendkleid. Sie hatte sich bei einem Mann im schicken dunkelblauen Anzug eingehakt. In der einen Hand hielt sie ein Glas Sekt – wohl eher Champagner –, in der anderen einen hochhackigen Schuh. Sie lachte über das ganze Gesicht. Offenbar hatte man dazu allen Grund, wenn man dieses Kleid kaufte. Aber was wollte Lena mit so einem Katalog? Verwirrt schlug Hannah wahllos eine Seite auf. Die Kleider, die die Models trugen, waren alle sehr vornehm – und atemberaubend teuer.

Sie versuchte, sich Lena in einem dieser Fummel vorzustellen oder gar sich selbst, und musste lachen. Nein, absolut nicht ihr Stil. Vom Preis einmal ganz abgesehen, würde sie sich niemals so ein Kleid kaufen. Diese Schnitte! Überhaupt, die ganze Ausstrahlung dieser Dinger war überhaupt nicht ihr Geschmack. Voll altbacken und nur für alte Leute.

Hannah warf den Katalog wieder auf Lenas Bett. Sie dachte

nach. Hatte Lena ihr vielleicht schon erzählt, dass sie auf eine Hochzeit eingeladen war? Lenas Bruder war zweiundzwanzig, aber, soweit Hannah wusste, nicht in festen Händen. Nein, sie war sich wieder sicher, Lena hatte keine große Familienfeier erwähnt.

Hannah nahm ihre Tasche und schloss das Zimmer ab. Auf dem Hof kamen ihr Jerome und Basti entgegen. Sie grüßten lässig. Jerome und Basti teilten sich ein Zimmer, sie gingen in Hannahs Klasse und gehörten eindeutig zu den Coolen. Manchmal hatte Hannah den Eindruck, Basti hielt sich gerne in ihrer Nähe auf. Auch jetzt spürte sie einen Blick auf sich. Basti? Oder doch von Jerome? Hannah ging weiter. Königinnen drehen sich nicht um, schoss es ihr durch den Kopf. Trotzdem dankte sie den beiden in Gedanken. Das miese Gefühl, das sie Gabriel und seiner ultralustigen Aktion zu verdanken hatte, war mit diesen Blicken verschwunden.

Im Umkleideraum traf sie endlich Lena. Die Freundinnen umarmten sich herzlich. Schließlich hatten sie sich fast vierzig Minuten nicht gesehen. Acht Mädchen drängelten sich in dem kleinen Raum. Der Kurs *Musical II* war für Schüler verschiedener Klassen offen, auch einige Achtklässlerinnen nahmen teil. Sammy, Maja, Karla. Hannah begrüßte auch sie mit Umarmungen, allerdings wesentlich kürzeren.

Lena war bereits umgezogen. Sie hatte eine pinkfarbene, hautenge Gymnastikhose an, dazu ein schlabberiges T-Shirt mit einem Eis darauf und dem Spruch: *Too cool for you*.

Hannah beeilte sich, in ihre Klamotten zu kommen, eine weite graue Trainingshose und ein geripptes Top. Beide trugen spezielle Tanzschuhe, die den Fuß bei Sprüngen und Drehungen unterstützen und Verletzungen verhindern sollten.

Sie gingen auf die Bühne. Die Scheinwerfer waren schon an. Jetzt im Frühsommer war das eigentlich nicht nötig, aber ihre Lehrerin Madame Clodell bestand darauf. „Für Atmosphäre", erklärte sie stets mit ihrem französischen Akzent, der auch in ihren zehn Jahren an einem Musical-Theater am Broadway in New York nicht ganz verschwunden war.

Hannah dehnte sich, dann ging sie in den Spagat. Sie legte sich flach nach vorn auf den Boden und spürte, wie ihre Muskeln sich ihrem Willen unterwarfen. Lena setzte sich breitbeinig neben sie und umfasste abwechselnd mit ihren Händen den linken, dann den rechten Fuß.

„Und?", erkundigte sie sich. „Hast du dir den Katalog angesehen?"

Hannah kam langsam nach oben und legte sich auf den Rücken. Sie ließ das rechte Bein kreisen, als würde sie Fahrrad fahren.

„Ja. Ist das ein Scherz?"

Lena lachte. „Scherz?"

Hannah rollte mit den Augen. „Du willst wirklich so ein Ding anziehen?", fragte sie fassungslos.

„Klar!", schwärmte Lena. „Wir werden wie Prinzessinnen aussehen."

Hannah verstand kein Wort. Sie ging in die Hocke und ließ die Beine abwechselnd nach hinten schnellen.

„Wir? Äh, habe ich irgendwas vergessen?", hakte sie nach. „Wird deine Mutter fünfzig?"

Jetzt lachte Lena. „Meine Mutter ist bereits im letzten Jahr fünfzig geworden. Und im Jahr davor auch und davor auch. Was hat das mit den Kleidern für den Ball zu tun?"

Hannah rutschte näher an Lena heran. Nicole war auf die Bühne gekommen und hatte sich direkt neben sie gesetzt. Wahrscheinlich wollte sie Hannah mit ihrem tollen superteuren Ganzkörperstretchanzug neidisch machen. Dabei sah sie darin aus wie ein Wiener Würstchen im Urlaub.

„Der Ball, mein Gott!", stöhnte Lena auf, als würde Hannah sich extra dumm stellen. „Unser Abschlussball!"

Hannah runzelte die Stirn. „Was für ein Abschlussball?"

Lena stützte die Hände in die Hüften. „Sag bloß, du weißt wirklich nichts von unserm Ball?"

Hannah schüttelte den Kopf. Nicole lachte. „So was gibt es aufm Dorf nicht", ätzte sie. „Da gibt's nur Almabtrieb der Kühe. Häng dir doch einen Melkschemel um, Hannah!"

Hannah hätte Nicole am liebsten eine runtergehauen. „Du warst auch schon mal witziger, Nicole", giftete sie zurück.

„Ich komme nicht vom Dorf, sondern aus einer Stadt mit zwölftausend Einwohnern. Kühe kenne ich nur aus dem Biobuch."

Sie drehte sich wieder zu Lena um.

Die zwinkerte ihr zu. „Am Ende jedes Schuljahres findet hier im Schloss der große Abschlussball statt. Nur für die Schüler der Mittel- und Oberstufe, natürlich", klärte sie Hannah auf.

„Wir dürfen also das erste Mal dabei sein."

Lena schloss die Augen und faltete die Hände vor der Brust, als hätte sie gerade das leckerste Stück Torte ihres Lebens gegessen. „Es wird traumhaft werden!"

Tausend Fragen schossen Hannah durch den Kopf. Doch bevor sie noch eine einzige loswerden konnte, erschien Madame Clodell im Raum. Sie klatschte dreimal in die Hände.

„Alle auf Position!", kommandierte sie. „Wir steigen ein bei die Stelle in zweiter Akt. Mustafa ist auf die Knie. Er bittet Hannah, seine Frau zu werden. Aber Hannah liebt schon Jakob."

„Genau!", rief Jakob und hob die Hand. Alle lachten. Nur von Madame Clodell fing sich der Klassenclown einen finsteren Blick ein.

Dann legten sie los. Hannah und Mustafa aus der Achten spielten im zweiten Akt die Hauptrollen. Die restlichen Jungs um Jakob, Levi und Noah waren Mustafas Straßengang. Sie sprangen nach dem Liebesgeständnis in den Vordergrund und machten Hip-Hop-Moves. Mustafa reihte sich ein, aber sosehr sie sich auch abstrampelten, Hannah blieb bei ihrem „Nein!".

Alles klappte hervorragend, obwohl Hannahs Tag doch bisher so mies verlaufen war. Aber wenn sie auf die Bühne trat, verschwand alles andere aus ihrem Kopf. Nicole und Lena hatten heute nur kurze Auftritte, was Nicole sichtlich wurmte. Schließlich wollte sie doch den Jungs aus der Achten ihren Würstchenanzug vorführen.

Nach zwei Stunden harter Arbeit entließ Madame Clodell ihr Team, nicht ohne jedem noch einmal ein paar Stellen vorzutanzen, die ihrer Meinung nach noch verbessert werden sollten.

Hannah staunte jedes Mal, wie biegsam ihre Trainerin war und wie der Rhythmus von ihrem Körper Besitz zu ergreifen schien. Madame Clodell hätte auch in der Rolle eines Kieselsteins die Bühne gerockt.

„Vielen Dank, meine Lieben!", verabschiedete sie sich, koppelte ihren MP3-Player von der Anlage ab und ging.

„Die ist der Wahnsinn", schwärmte Hannah. „So zu werden wie sie, das ist echt mein Ziel."

Nicole stieß geräuschvoll die Luft aus. „Tssä, so viel üben kannst du gar nicht!"

Hannah nickte Lena zu. Eigentlich zogen sie sich immer hier in der Kabine um, aber für heute hatten sie genug dumme Sprüche gehört.

Erst als sie auf ihrem Zimmer waren, fing Hannah an zu fragen. „Also, was ist das für ein Ball?", wollte sie wissen. Ihr Blick fiel auf die lachende Frau auf dem Katalog. Sie sah aus, als käme sie aus einer ganz anderen Welt.

Lena schien da ganz anderer Meinung. In ihren Augen funkelte es, sobald das Wort *Ball* fiel.

„Der Abschlussball ist das größte Fest, das es hier auf dem Schloss gibt." Sie stutzte. „Es wundert mich, dass die Malmedee bei deiner Aufnahme nichts davon erwähnt hat."

In Hannahs Erinnerung flackerte es kurz auf. Es konnte tatsächlich sein, dass die Direktorin bei der Anmeldung über den Ball erzählt hatte. Doch an dem Tag hatte Hannah vor lauter Aufregung kaum zuhören können.

„Na ja", fuhr Lena fort. „Den Ball gibt es auf jeden Fall schon seit über hundert Jahren. Es ist Tradition, dass die Schüler ab der Klasse sieben daran teilnehmen."

Hannah nickte. „Cool, wird bestimmt 'ne Supersause." Sie

dachte an Gabriel. Vielleicht kam sie ihm bei den neusten Hits aus den Charts zufällig näher. Auf der Tanzfläche konnte man sich ja unauffällig anschleichen.

„Nix cool!", unterbrach Lena ihre Gedanken. „Tradition! Wir tanzen zu zweit, so wie früher. Hauptsächlich Wiener Walzer. Und dazu tragen wir solche Kleider." Sie hielt Hannah den Katalog vor die Nase.

Hannah lachte. „Das ist nicht dein Ernst, oder?" Sie riss ihrer besten Freundin aller Zeiten den Katalog aus der Hand. „Du willst dich wirklich so verkleiden?"

Lena winkte ab. „Ach, du wieder!", sagte sie gut gelaunt. „Mann, das ist eben was ganz anderes. Alle kommen so, das ist voll romantisch."

Hannah warf sich auf ihr Bett. „Nee, ohne mich", widersprach sie. „Ich finde das echt affig. So rennt meine Oma rum, wenn sie in die Oper geht, aber ich doch nicht."

Lena warf Hannah ihr Kissen an den Kopf. „Klar, Mensch, wenn du so in die Disco gehst, dann lachen dich alle aus. Aber wenn alle mitmachen ..." Sie zwinkerte Hannah zu. „Auch Gabriel natürlich."

Lena fummelte an ihrem Handy herum, bis sie gefunden hatte, was sie suchte.

„Hier!" Sie hielt Hannah ihr Smartphone hin und zeigte ihr ein Foto. Gabriel in einem feinen Anzug. Er sah umwerfend aus! Im Hintergrund erkannte sie Carmen und Alicia aus der Neunten. Sie wirkten wie Prinzessinnen, die auf ihre Kutsche warteten. Und ehrlich gesagt überhaupt nicht spießig und altmodisch.

„Ich weiß nicht", murmelte Hannah.

„Aber ich weiß!", sagte Lena fröhlich. „In coolen Klamotten kannst du das ganze Jahr rumlaufen, Hip-Hop tanzen auch. Aber einen Ball, den gibt's nur einmal im Jahr. Und wir sind das erste Mal dabei!"

Hannah wälzte sich auf ihrer Matratze herum. „Muss man?"

Lena schüttelte den Kopf. „Nee, zwingen können sie dich nicht. Aber ich wüsste von keinem, der freiwillig weggeblieben wäre. Vor zwei Jahren kam ein Mädchen sogar mit Gipsbein."

Hannah seufzte tief. „Das ist echt nichts für mich, Leni. Ihr kennt alle so traditionelle Fest und Empfänge von zu Hause. Aber ich …"

Lena sprang auf und blitzte ihre allerbeste Freundin aller Zeiten. „Unsere Dorfschönheit ist wohl nicht da, was", sagte sie mit hoher Stimme. „Ist das Kleid beim Melken schmutzig geworden?"

Hannah lachte. „Das würde Nicole original so sagen." Sie setzte sich auf. „Also gut, du hast mich überredet."

Dann aber fiel ihr siedend heiß etwas ein. Sie tanzte gern und gut und konnte die wildesten Tänze. Auf jeder Tanzfläche war sie ein Hingucker. Aber von Tänzen wie Samba, Rumba,

Tango oder gar Wiener Walzer hatte sie nicht die leiseste Ahnung.

„Ich kann nicht mal Walzer tanzen", stammelte sie. „Lena, das wird nichts."

Lena winkte ab. „Du kennst doch unser Internat", widersprach sie. „Hier wird an alles gedacht. Ab nächsten Montag kommt Herr Ricken ins Schloss. Dreimal die Woche leitet er einen Kurs in den klassischen Tänzen. Für Anfänger oder Fortgeschrittene, die seit letztem Jahr alles wieder vergessen haben. Gabriel, Basti und Jerome kommen auf jeden Fall auch."

Hannah nickte.

Lena verzog plötzlich das Gesicht. „Kostet allerdings dreißig Euro pro Woche."

Hannah ließ sich rückwärts auf die Matratze fallen. „Dann wird nichts draus. Ich bin pleiter als pleite", gestand sie. „Die Jahreskarte fürs Freibad hat mich gekillt. Und dann das neue Smartphone …"

Das hatte hauptsächlich Oma bezahlt. Die fiel zum Anpumpen also auch aus.

Lena grübelte einen Moment. „Ich kann dir leider gerade auch nichts leihen, aber …" Ihre Gesichtszüge hellten sich auf. „Aber ich hätte zwei Jobs für dich. Du musst dich allerdings für einen entscheiden, denn sie wären beide an den gleichen Nachmittagen."

Hannah führt den Hund der Köchin aus. Dreimal die Woche. Allerdings ist Franz-Ferdinand der störrischste Dackel, der jemals geschnüffelt hat. Wenn du dich auch fürs Hundesitten entschieden hättest, lies weiter auf Seite 41.

Hannah sortiert Kleider im Crazy Cool ein. Allerdings muss sie dafür ihren Schülerausweis fälschen, denn der Besitzer stellt nur Vierzehnjährige ein. Wenn du ebenfalls diesen Job angenommen hättest, lies weiter auf Seite 58.

# Achtundzwanzig Smileys

Hannah brachte kein Wort heraus. Lena, die allerbeste Freundin aller Zeiten hatte ihr nicht geholfen. Und das gerade, als sie ihren Beistand am nötigsten hatte. Ohne groß nachzudenken, nahm sie Johannes an die Hand und stapfte mit ihm über die Wiese. Franz-Ferdinand lief fiepend hinter ihnen her.
„Hannah!", rief Lena noch, doch Hannah tat so, als höre sie es nicht.
Nach zweihundert Metern fing Johannes laut an zu lachen.
„Hey, du musst nicht so ziehen, ich komme auch freiwillig mit."
Jetzt lachte Hannah auch. Es tat so gut nach der ganzen Anspannung. „Stimmt ja", antwortete sie. „Du bist ja kein Dackel."
Sie wusste, eigentlich hätte sie nun die Hand von Johannes loslassen müssen. Bis hierher bedeutete es noch nichts. Das

konnte sie sich jedenfalls einreden. Wenn sie jetzt so weitergingen, war es Händchenhalten. Hannah behielt Johannes' Hand noch zehn Sekunden in ihrer. Es fühlte sich gut an. Gar nicht peinlich oder fremd. Vielleicht lag es aber auch daran, dass niemand anderes in der Nähe war.

„Das war sehr nett von dir. Vielen Dank!", sagte sie schließlich und nahm die Leine in beide Hände. Franz-Ferdinand fiepte immer noch. Aber nach der ganzen Zerrerei benahm er sich jetzt ausnahmsweise mal gut.

Johannes winkte ab. „Nichts zu danken. Ich habe auch einen Hund, einen Golden Retriever. Bei den ersten Malen fand ich das auch echt eklig, aber jetzt macht es mir gar nichts mehr aus." Er lachte. „Ist ja 'ne Tüte drum, sonst wäre es schwieriger …"

Hannah lachte und stieß Johannes ihren Ellenbogen in die Seite.

„Trotzdem würde ich mich gerne bei dir bedanken", sagte sie. „Hast du noch Zeit für ein Eis?"

Johannes tat so, als müsste er nachdenken.

„Hm, lass mal überlegen … Das Telefonat mit dem Talentscout vom FC Barcelona habe ich schon hinter mir, der Termin mit meinem Bewährungshelfer ist erst morgen und

mein Manager kann warten." Er sah Hannah völlig ernst an.
„Nein, nichts. Ich bin noch frei."

Hannah schüttelte schmunzelnd den Kopf. Johannes war ihr schon ein paar Mal aufgefallen. Dass er aber von Nahem ein toller Typ war, merkte sie erst jetzt.

„Ich muss meinen Fiffi um 18 Uhr abgeben", verriet sie. „Bis dahin sollten wir unser Eis geschleckt haben."

Johannes blickte sie empört an. „Ich dachte, du lädst mich ein! Die Gelegenheit wollte ich nutzen und endlich mal alle Sorten nacheinander probieren!"

Auch auf dem Rest des Wegs am See entlang machte Johannes einen Scherz nach dem anderen. Hannah kam aus dem Lachen gar nicht mehr raus. Schon lange hatte sie sich nicht mehr so leicht gefühlt. Kein Gabriel, keine Nicole, keine Mathenote und kein Druck, beim Musical die Beste sein zu müssen, schwirrten ihr im Kopf herum.

**WITZ** HIHI! *KICHER*

Genau 9 Euro 90 gab Hannah für die beiden Eisbecher aus. Im Preis inbegriffen war ein langes Gespräch mit Johannes. Und das war jeden Cent wert.

„Du wirkst gar nicht so schnöselig wie eine vom Schloss", sagte er, als sie im Schatten unter den Kastanien an der Eisdiele saßen.

Hannah hätte sich am liebsten auf ihren Tropic-Becher gestürzt. Sie hielt sich aber zurück und löffelte ihr Lieblingseis in winzigen Portiönchen.

Sie war hin- und hergerissen. Sollte sie das Internat nun verteidigen oder sich als *armes Mädchen* zu erkennen geben? Beides kam ihr irgendwie falsch vor. Also erklärte sie Johannes, wie es war.

„Ach, die meisten bei uns sind gar nicht so schlimm", sagte sie. „Klar, es gibt total eingebildete Typen. Aber manche sind vom Reichtum ihrer Eltern sogar ziemlich genervt. Die Lehrer sind auf jeden Fall echt cool. Die meisten zumindest."

Johannes erzählte von seiner Schule. Auch er liebte Sport. In den Osterferien hatte er mit seinem Vater eine lange Fahrradtour gemacht, an der Loire entlang, einem Fluss in Frankreich. Jede Nacht hatten sie ihr Zelt auf einem anderen Campingplatz aufgeschlagen und waren dann am nächsten Morgen wieder aufgebrochen. Fast siebenhundert Kilometer, in malerischer Umgebung.

„Mit deinem Vater?", hakte Hannah nach. „Mein Vater mag mich auch, aber von seinen Büchern kriege ich ihn nicht weg. Wir waren einmal in Italien im Hotel. Eigentlich wollten wir drei Wochen bleiben. Aber nach acht Tagen bekam Papa Heimweh. Wir mussten zurück."

Johannes lachte. „Eigentlich sollten doch Kinder Heimweh haben, nicht die Eltern."

Hannah gab ihm Recht. Ihr fiel auf, dass sie mit Johannes ganz normal redete. Wie mit einer Freundin – bevor Lena sie so im Stich gelassen hatte. Sie hatte kein bisschen das Gefühl, sich vor ihm verstellen zu müssen. Sie sagte, was sie sagen wollte. Und ihr gefiel, dass Johannes eine gute Beziehung zu seinem Vater hatte. Also rückte sie auch mit dem raus, was sie seit gestern am meisten beschäftigte.

„Habt ihr auch ein besonderes Fest am letzten Schultag?"
Johannes schüttelte den Kopf. „Nö, da gibt's Zeugnisse und dann rennen alle nach Hause", antwortete er. „Nur weg aus dem Bunker. Die sechs Wochen sind schnell genug um, da darf man keine Sekunde vertrödeln."
Hannah nickte. „So war's an meiner alten Schule auch. Aber auf dem Schloss ist das anders, wie ich gestern erfahren habe. Bei uns gibt es einen richtigen Abschlussball. Mit – wehe du lachst! – richtigem Tanzen. Also Walzer und so …"
Hannah sah vorsichtig von ihrem Eisbecher auf, den sie während des Geständnisses angestarrt hatte. War Johannes noch da? Oder rannte er schon zur Powerweide, um seinen Kumpeln von diesem Blödsinn zu erzählen?
„Warum soll ich da lachen?", fragte er. „Hört sich für mich richtig gut an."
Hannah sah ihn überrascht an. „Du findest das nicht spießig oder affig oder so?"

Johannes schüttelte den Kopf. „Quatsch. Ich war selbst letztes Jahr in der Tanzschule", erzählte er. „Das war natürlich erst mal merkwürdig. Fremde Mädchen ganz eng an sich ziehen und so was. Aber irgendwann hatten sich alle dran gewöhnt und keiner musste mehr albern kichern. Nach drei Stunden war alles ganz normal."

Ein Gedanke durchzuckte Hannah. „Du kannst tanzen?", platzte sie heraus.

Johannes nickte.

„Hast du's noch drauf? Die Schritte, meine ich?"

Johannes nickte wieder. „Ich denke schon."

Hannah spürte, wie sie rot wurde. „Würdest du. Also, ich meine ..." Sie sah Johannes offen an. „Ich kann's gar nicht. Null Ahnung. Würdest du's mir beibringen?"

Johannes tat entrüstet. „Ich? Dir? Wir kennen uns doch kaum!"

Hannah wollte sich gerade für die Frage entschuldigen, als sie sah, dass er grinste. Er hatte sie wieder reingelegt.

„Also?"

Nun schien es Hannah, als würde Johannes rot. „Ich denke schon, dass ich das gerne machen würde ...", sagte er leise.

Einen Moment lang war die Stimmung so, als hätte Johannes gefragt: „Willst du mit mir gehen?"

Hannah hielt die Luft an. Ihr Herz klopfte. Dann fiel ihr Blick auf die Kirchturmuhr.

„Shit!", fluchte sie. „Fünf nach sechs. Ich muss Franz-Ferdinand zurückbringen!"

Sie sprang auf und wickelte die Leine von ihrem Stuhl.

„Wo treffen wir uns denn?", wollte Johannes noch wissen.

„Wir können ja schlecht an der Powerweide tanzen."

Hannah zuckte mit den Schultern. „Ruf mich einfach an, wenn dir was einfällt. Morgen geht nicht, aber übermorgen."

Dann diktierte sie ihm hektisch ihre Handynummer und lief los.

Als sie vor dem Haus von Brigitte Böll ankamen, japste Franz-Ferdinand wie eine Fahrradluftpumpe.

„Psst!", ermahnte Hannah den Dackel. „Verrat mich nicht!"

Und wirklich schien sich der Hund zusammenzureißen. Als sein Frauchen die Tür öffnete, hopste er an ihren Beinen hoch, als käme er gerade aus einem Hunde-Wellness-Urlaub.

„Na, dir geht's ja gut!", begrüßte Frau Böll ihren Liebling. „Und du bist sogar länger gegangen, als du musstest."

Hannah musste sich zusammenreißen, um nicht laut zu schnaufen. „Gerne", sagte sie knapp. „Das ist ja so ein Lieber!"

Brigitte Böll strahlte. „O ja, das ist er. Übermorgen um die gleiche Zeit?"

Hannah nickte. Der Nachmittag mit Franz-Ferdinand hatte ihr zwar kein Geld eingebracht, dafür aber Tanzstunden. Und die Bekanntschaft mit einem echt tollen Jungen. Hoffentlich meldete sich Johannes auch wirklich.

Doch alle Sorgen waren unbegründet. Hannah hatte das Schlossgelände noch nicht betreten, als die erste Nachricht kam.

JOHANNES? Wir können uns bei mir treffen. Meine Mutter spielt Geige dazu, dann haben wir gleich die passende Musik.

Einen Augenblick lang sah Hannah sich und Johannes eng umschlungen tanzen, während seine Mutter neben ihnen saß und geigte. Dann schnallte sie, dass Johannes sie wieder einmal drangekriegt hatte. Also schrieb sie die passende Antwort:

Das ist gut. Sonst hätte mein Freund mich auch nicht zu dir gelassen.

Nur zehn Sekunden später kam die nächste Nachricht.

Wer ist denn dein Freund? Kenne ich ihn?

Hannah lachte. Ja, vielleicht, dachte sie. Aber sie schrieb:

Jetzt bist du mal reingefallen. Ich kann das nämlich auch.

Dahinter achtundzwanzig Smileys. Johannes schickte auch zwei Reihen Smileys.

```
Ich freue mich schon auf übermorgen.
```

Ja, dachte Hannah, ich mich auch! Doch als sie in ihr Zimmer trat, hielt ihr Lena eine Predigt. Mit aller Macht versuchte sie, Hannah die Sache mit Johannes auszureden. „Was soll das werden?", nörgelte sie. „Du willst auf einen Ball, nicht auf eine Karnevalsveranstaltung. Ich gebe dir das Geld für den Kurs. Als Entschuldigung für mein schlechtes Benehmen heute Nachmittag."

Hannah bleibt dabei. Sie wird mit Johannes üben. Und wenn es nicht für den Ball reicht, dann eben für tolle Stunden mit einem süßen Jungen. Wenn du das so siehst wie Hannah, lies weiter auf Seite 68.

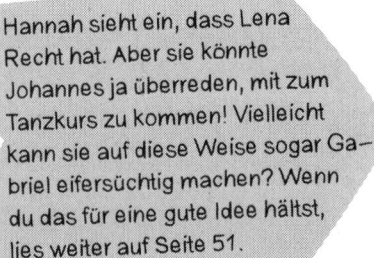

Hannah sieht ein, dass Lena Recht hat. Aber sie könnte Johannes ja überreden, mit zum Tanzkurs zu kommen! Vielleicht kann sie auf diese Weise sogar Gabriel eifersüchtig machen? Wenn du das für eine gute Idee hältst, lies weiter auf Seite 51.

Hannah hatte sich die Kopfhörer aufgesetzt und gründlich über die Sache nachgedacht. Hundesitter war nicht gerade ihr Traumjob. Klar, für ein bisschen Spazierengehen bezahlt zu werden war nicht schlecht. Aber sie kannte Franz-Ferdinand, den Dackel, um den es hier ging. Er hatte seinen eigenen Willen und ließ sich kaum an der Leine führen.

„Wahrscheinlich stammt er von einem Esel ab", hatte Lena mal gesagt. „So störrisch, wie der ist."
Der Job im Crazy Cool war natürlich um einiges lässiger. Hannah würde die neuesten Klamotten als Allererste in den Händen halten – wenn auch nur, um sie in die Regale zu räumen. Doch dafür hätte sie ihren Ausweis fälschen müssen. Wenn das rauskommen würde … Ciao, Schloss Heidesand! Bei solchen Aktionen verstand Frau Direktor Malmedee überhaupt keinen Spaß, das wusste Hannah. Im Februar erst war ein Junge aus der Zehnten vom Internat geflogen, weil er die Unterschrift seiner Eltern gefälscht hatte, um ein Wochenende auf ein Rockfestival zu gehen. Als er zurückkam, standen seine Koffer bereits vor der Tür. Neben dem Auto seiner Eltern. Nein, das traute sie sich nun doch nicht.
Beim Abendessen hielt Hannah nach der Köchin Ausschau, aber sie war bereits nach Hause gegangen. Also riss sie den Aushang mit dem Foto des störrischen Dackels vom Schwarzen Brett und stopfte ihn sich in die Tasche. Obwohl wahrscheinlich sowieso keiner von den anderen Schülern auf die Idee gekommen wäre, den Job anzunehmen. Sie bezogen alle ihr Geld von der Firma Papa & Mama.
Hannah setzte sich mit Lena und Franzi, ihrer zweitbesten Freundin, an einen Tisch. Trotz des Trainings hatte sie heute

Abend kaum Hunger. Sie versuchte nicht zu Gabriel und seinen Freunden hinüberzusehen, die auf der anderen Seite des Raumes aßen. Gabriel seinerseits schien Hannah gar nicht zu bemerken. Oder?

„Hey, träumst du?", fragte Lena lachend und stupste sie an.

„Was?" Hannah hob den Blick.

Lena rollte mit den Augen. „Ich habe gefragt, ob du meinen Nachtisch haben möchtest, ich kann nicht mehr."

*PUHHHHH*

Hannah schüttelte den Kopf.

Franzi ließ sich gegen die Stuhllehne fallen, als hätte sie einen Sack Kartoffeln gegessen.

„Läuft heute noch was?", erkundigte sie sich.

Lena schlug vor, gemeinsam eine Modelsendung im Fernsehraum zu schauen, doch Hannah winkte ab.

„Haltet mich nicht für langweilig, aber ich muss Mathe lernen", sagte sie. „Der Test war völlig daneben. Wenn ich den noch ausgleichen will, muss ich in den nächsten Stunden aufzeigen, als wäre mein Ellenbogen steif geworden."

Lena und Franzi lachten. „Verstehe", meinte Franzi. „Mens sana ruft."

Hannah brachte ihr Geschirr zum Abspülwagen und verzog sich auf ihr Zimmer. Dort nahm sie sich noch einmal den Katalog von Lena vor. Sie strengte sich mächtig an, sich in einem dieser Kleider vorzustellen. Es gelang ihr nicht. Wenn sie al-

lerdings an Gabriel in seinem schicken Anzug dachte, wusste sie, dass sie mit ihrem T-Shirt-Kleid nicht in seinen Arm passte.

Hannah seufzte. Sie tauschte den Katalog mit dem Mathebuch. Doch ihre Gedanken kreisten unaufhörlich um den Abschlussball. Einerseits verabscheute sie diese altmodische Veranstaltung zutiefst. Andererseits fühlte sie sich wie magisch davon angezogen, an so einem Ball teilzunehmen. Wie Aschenputtel, mit gläsernen Schuhen und einem herrlichen, kitschigen Kleid.

Als Hannah nach einer Stunde noch immer keine Seite weiter gekommen war, steckte sie das Buch kurz entschlossen in ihren Schulrucksack. Sie zog die Anzeige vom Schwarzen Brett aus der Tasche, rief die Köchin an und verabredete einen ersten Termin für den folgenden Nachmittag.

Nachdem sie einen Berg an Hausaufgaben erledigt hatte, knipste Hannah das Licht aus. Sie träumte von Prinzessinnen und Kürbissen, die sich in Kutschen verwandelten. Hannah war Aschen-

☠ **HAUSAUFGABENBERG** ☠

puttel, wie hier am Internat. Zumindest, wenn man Nicole glaubte.

Der nächste Morgen verlief ohne Zwischenfälle. Gabriel hatte wohl verschlafen, jedenfalls tauchte er beim Frühstück nicht im Speisesaal auf. Die Köchin, Frau Böll, winkte Hannah freundlich zu und rief ihr „Bis später!" zu. Hannah nickte bloß. Die anderen mussten ja nicht unbedingt erfahren, was sie am Nachmittag vorhatte.

Um 16 Uhr dann klingelte sie auf die Minute pünktlich in der Stadt bei Brigitte Böll an der Tür. Lautes Gekläffe antwortete ihr.

Eine Sekunde lang hatte Hannah den Impuls zu fliehen. Aber es war zu spät. Die Tür flog auf. Frau Böll erschien. Und Franz-Ferdinand. Trotz seiner kurzen Beine versuchte der Dackel, an Hannah hochzuspringen. Er schaffte es nur bis zu ihren Knien, wobei er ihr aber die Leggings komplett vollsabberte.

„Sitz, Franz-Ferdinand, sitz!", kommandierte Frau Böll. Der Dackel sah sie mit großen, braunen Augen an. Dann hopste er weiter an Hannah hoch.

Brigitte Böll war das Benehmen ihres Hundes offensichtlich peinlich. Sie klickte ihm die Leine ans Halsband und drückte sie Hannah in die Hand.

„Also, in zwei Stunden erwarte ich euch wieder hier", sagte sie. „Geh bitte nicht zu schnell, Franz-Ferdinand ist ja schon ein alter Herr. Lass ihn nicht von der Leine, auch wenn er noch so jault. Und achte darauf, dass er was macht."

Hannah wollte gerade nachfragen, was Frau Böll damit meinte, da hielt die Köchin ihr eine schwarze Plastiktüte hin.

„Du musst es dann aufheben und das Tütchen in den nächsten Mülleimer werfen."

Hannah sah die Tüte entsetzt an. Sie sollte wirklich ... Daran hatte sie überhaupt nicht gedacht. Eine Runde mit dem Dackel spazieren zu gehen war ihr schon schwierig genug vorgekommen. Aber das ...!

Vielleicht merkte Brigitte Böll, dass ihre Hundesitterin kurz vor dem Absprung war, und steckte ihr deshalb die vereinbarten zehn Euro in die Rocktasche.

„Ja. Ja, ist gut", stammelte Hannah und versuchte, ein fröhliches Gesicht zu machen. „Komm, Franz-Ferdinand!"

Sie zog den Dackel hinter sich her. Wie hypnotisiert marschierte sie die Straße hinunter. Kaum außer Sicht, klingelte sie Lena an.

„Allerbeste Freundin aller Zeiten, ich brauche dich!", rief sie hysterisch in ihr Handy. „Wenn du nicht in fünf Minuten an der Powerweide bist, habe ich mich ertränkt! Oder den Dackel!"

Die Powerweide war im Sommer *der* Treffpunkt für Jugendliche zwischen zwölf und sechzehn. Nicht nur Schüler des Internats hingen an der alten Trauerweide ab, auch viele von anderen Schulen. Manchmal gab es Zoff. Meistens chillten aber einfach alle in der Sonne, hörten Musik und machten irgendwelchen Blödsinn. Wer auf den coolen Namen Powerweide gekommen war, war nicht überliefert.

Erst auf dem Weg dahin fiel Hannah ein, dass die Powerweide nicht der beste Treffpunkt war, wenn man nicht gesehen werden wollte. Sie versuchte noch, ihre Freundin in eine einsamere Gegend umzulenken, doch Lena antwortete nicht. Wahrscheinlich hatte sie ihr Smartphone mal wieder irgendwo liegen lassen.

Mit einem flauen Gefühl im Magen näherte Hannah sich der Powerweide. Kurz hatte sie gehofft, dass bei dem schönen Wetter alle im Freibad sein würden. Doch schon von Weitem sah sie gut fünfzig Leute rund um den Baum stehen, sitzen und liegen. Natürlich auch Nicole.

„Shit!", fluchte Hannah. „Wie kann man nur so blöd sein wie ich!"

Sie zerrte Franz-Ferdinand hinter sich her. Der Dackel wollte an jedem Busch schnüffeln, an jedem Mülleimer oder Laternenmast sein Bein heben. Zum Glück nicht mehr!

„Nein, komm jetzt!", kommandierte Hannah. Franz-Ferdinand blickte sie treuherzig an, hopste dann aber zum nächsten Gebüsch.

In diesem Augenblick sah Hannah Lena. Die allerbeste Freundin aller Zeiten war pünktlich. Leider war sie nicht allein. Basti und Jerome standen neben ihr. Und auch die beiden Typen von der Realschule, deren Namen Hannah nicht kannte. Beide extrem gut aussehend und immer total modisch angezogen. Nicole stand neben ihnen und schleimte sich ein.

„Herr im Himmel!", schimpfte Hannah vor sich hin. „Auch das noch." Sie zwang sich, ruhig zu bleiben. Sie ging mit einem Dackel Gassi, na und? Bloß nichts anmerken lassen!

„Hi!", grüßte sie.

Lena fiel ihr theatralisch um den Hals, als wäre sie gerade von einer Weltreise zurückgekehrt.

„Ich will hier weg!", zischte Hannah ihr ins Ohr. „Sofort!"

Lena lächelte. „Du kennst doch Johannes und Mads?", antwortete sie laut.

„Schon mal gesehen", murmelte Hannah und gab beiden förmlich die Hand.

Franz-Ferdinand kläffte. Er zog an der Leine. Kniff die Augen zusammen und tänzelte auf seinen kurzen Beinchen. Der störrische Dackel musste doch nicht etwa?

„Nett, euch beinahe kennengelernt zu haben", sagte Hannah schnell. „Ich muss leider sofort wieder weg. Ein Geschenk für eine Freundin besorgen."

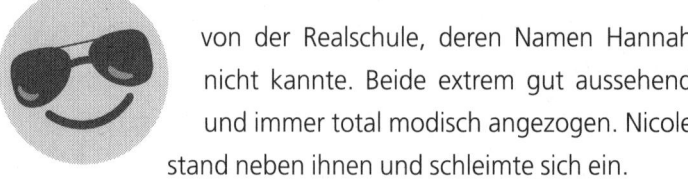

Das war natürlich Quatsch. Eigentlich hätte sie später noch Mathe machen müssen, aber daran konnte sie nun wirklich nicht auch noch denken – mal ehrlich, wer brauchte schon Mathe?

Lena zwinkerte ihr zu. „Ach, das hat doch Zeit!", rief sie gut gelaunt. „Bleib einfach hier bei uns, wir hängen uns in die Sonne! Der Hundi stört doch nicht."

„Ich find den ganz süß", meinte Johannes, der Größere der beiden Realschüler. Er war blond, hatte ein gestreiftes T-Shirt an, Shorts und diese Schuhe mit den Strohsohlen, deren Namen Hannah immer vergaß. „Wie heißt er denn?"

Franz-Ferdinand stierte Hannah an, als würde er gleich in Tränen ausbrechen.

„Franz-Ferdinand", verriet Hannah. „Aber ich muss jetzt wirklich …"

„Ich mag diese kleinen Kläffer nicht", bemerkte Nicole schnippisch. „Außerdem machen sie Dreck …"

In diesem Moment passierte es. Franz-Ferdinand machte Dreck. Mitten auf die Wiese am See. Vier, fünf Mädchen sprangen auf und verzogen sich mit zugehaltenen Nasen. Jerome und Basti lachten. Mads machte einen Schritt rückwärts.

Nicole würgte und drehte sich um. „Ihhh!", brüllte sie so laut, dass alle an der Powerweide es hören konnten. Hannah wusste, diese Geschichte würde sie allen im Schloss erzählen. Und besonders gern natürlich Gabriel.

Da hörte sie Johannes fragen: „Hast du eine Tüte dabei?"

Hannah nickte und hielt sie ihm hin. Johannes zog sich die Tüte über die Hand, kehrte sie über dem Haufen auf links, hob Franz-Ferdinands Häufchen auf, knotete die Tüte zu und warf sie in den Müll.

„Gibt's noch was, was ich für dich tun kann, Hannah?"

Hannah ist völlig von den Socken. So etwas Nettes hat noch kein Junge für sie getan. Spontan lädt sie Johannes auf ein Eis ein, auch wenn ihre Tanz-kurs–Kasse dann wohl wieder bei null Euro steht. Wenn du das auch so gemacht hättest, lies weiter auf Seite 32.

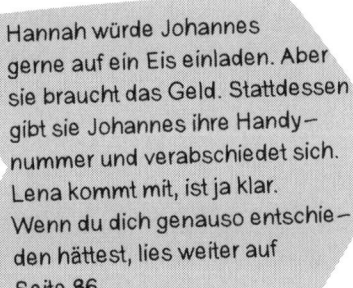

Hannah würde Johannes gerne auf ein Eis einladen. Aber sie braucht das Geld. Stattdessen gibt sie Johannes ihre Handy-nummer und verabschiedet sich. Lena kommt mit, ist ja klar. Wenn du dich genauso entschie-den hättest, lies weiter auf Seite 86.

## Darf ich bitten?

Johannes war weder schüchtern noch ängstlich. Doch vor Schloss Heidesand hatte er tiefen Respekt.

„Zu all den Luxus-Typen da passe ich doch gar nicht", antwortete er zögernd, als Hannah ihm den Vorschlag machte, mit ihr zum Tanzkurs zu gehen.

Sie hockten am See unter einem Baum. Johannes flippte Steinchen übers Wasser. Franz-Ferdinand schnüffelte an einem Busch herum, bevor er sein Bein hob. Hannah hatte es riskiert, den Dackel ohne Leine laufen zu lassen. Treu wie eine Tomate kehrte er immer wieder zurück.

„Ich bin doch auch keine Luxus-Tussie", widersprach Hannah. „Und komme trotzdem mit allen klar." Sie dachte an Nicole. „Na ja, mit fast allen."

Johannes schüttelte den Kopf. „Ich weiß nicht. Das Geld kriege ich schon zusammen", murmelte er. „Und mit dir würde ich auch gerne mehr unternehmen, aber ..."

Den nächsten Stein warf Johannes mit aller Kraft. Statt zu springen, versank er mit einem lauten „Plopp" augenblicklich im See. „Also gut, aber erst mal nur zur Probe. Wenn es mir nicht gefällt oder mir einer deiner Klassenkameraden mit seinem Ferrari über den Fuß fährt, komme ich nicht zur zweiten Stunde."

Hannah hielt ihm lachend die Hand hin. „Abgemacht. Und jetzt komm. Der Unterricht fängt in einer halben Stunde an."

Johannes war entsetzt. „Heute? Ich dachte, du sprichst von irgendwann mal!"

Hannah stand auf und zog Johannes hoch. „Keine Angst, die beißen alle nicht."

Doch als die beiden in den Ballsaal traten, war sie sich selbst nicht mehr so sicher. Die meisten anderen waren schon da. Lena küsste Johannes zur Begrüßung auf die Wangen. Basti und Jerome machten hinter vorgehaltener Hand irgendeinen doofen Witz. Und Gabriel musterte Johannes abschätzig von oben bis unten. Hannah musste innerlich grinsen. Das uralte Rezept funktionierte doch immer wieder: Richtig interessant für die Jungen wird man erst, wenn man ihnen einen anderen Verehrer präsentiert ...

Nicole zog schnippisch die Brauen hoch, Stella hingegen konnte ihre Begeisterung für Johannes nicht verbergen. Ihre

Augen funkelten wie die Sterne, von denen sie ihren Namen hatte.

Dann betrat Direktorin Malmedee den Saal, einen unbekannten Mann untergehakt. Der war übertrieben schick gekleidet, fand Hannah. Ganz in schwarz mit einem Frack, wie ein Dirigent. Seine Haare waren pechschwarz. „Wahrscheinlich gefärbt", vermutete Lena gleich.

„Kinder, darf ich euch meinen alten Freund Jean-Paul Ricken vorstellen", zwitscherte die Malmedee, als wollte sie einen Vogelstimmen-Wettbewerb gewinnen.

Lena kicherte. „Mann, der ist ganz schön eitel", flüsterte sie. „Beim Wort *alten* ist er zusammengezuckt, als hätte ihm die Direxe auf den Fuß getreten."

Frau Malmedee sah Lena scharf an. „Jean-Paul Ricken ist mehrfacher Weltmeister im Paartanz", zwitscherte sie nun. „Es ist eine große Ehre, dass er sich für euch Zeit nimmt. Nur weil wir uns schon aus der Schulzeit kennen …"

Jean-Paul Ricken warf ihr einen giftigen Blick zu. Nun hatte sie den Schülern auch noch indirekt sein Alter verraten.

Der Maestro räusperte sich. „Wir beginnen am besten gleich mit dem Unterricht. Die Damen auf die linke Seite, die Herren auf die rechte. Ich gehe davon aus, dass Sie alle wissen, was ein Dreivierteltakt ist?"

Alle in der Runde nickten.

„Jeder Walzer ist im Dreivierteltakt komponiert", fuhr Ricken fort. „Ich zeige Ihnen nun die Grundschritte."
Er drehte sich zu Direktorin Malmedee um und verbeugte sich leicht.
„Darf ich bitten?"
Die Direktorin errötete leicht. Dieser Auftritt war scheinbar nicht abgesprochen.
„Mit dem größten Vergnügen", murmelte sie und versuchte zu lächeln.
„Beim ersten Schlag des Taktes geht der Mann mit dem rechten Fuß vor, beim zweiten mit dem linken Fuß, beim dritten zieht er den linken an den rechten. Anschließend wieder von vorne. Sehen Sie gut zu."
Jean-Paul Ricken zog die Direktorin an sich und summte eine Walzermelodie. Ihre Füße machten sehr einfache Schritte. Von den Musical-Proben war Hannah da ganz anderes gewohnt. Doch da kam sie auch den Jungen selten so nahe. Sie traten nie als Paare auf, sondern immer als Gruppe. Das hier war etwas ganz anderes.
„So, das sollte für tanzerprobte junge Leute wie Sie zunächst reichen", sagte Ricken nach etwa zehn Takten und blieb stehen. „Bitte, meine Herren, suchen Sie sich eine Dame aus."
Alle Jungs blieben, wo sie waren. Doch als Jerome plötzlich losstürmte, setzten sich auch die anderen in Bewegung. Niemand wollte mit den Mauerblümchen tanzen. Nicht mal eine

Minute. Und bei der Damenwahl versuchten die Jungs ihnen auszuweichen, bis es wirklich nicht mehr anders ging.

Hannah freute sich, als sie sah, dass Jerome auf Lena zu kam. Lena stand voll auf ihn und war jetzt schon knallrot.

„Stinke ich?", zischte Lena noch schnell und hob ihren Arm.

„Ja, wie eine Rose", antwortete Hannah.

Da bemerkte sie, dass Gabriel vor ihr stand. Johannes hatte offenbar den Startschuss verpasst, er tauchte hinter Gabriel auf. „Beim nächsten Tanz", versprach Hannah ihm. Gabriel konnte sie unmöglich wegschicken. Seit beinahe zehn Monaten war sie in ihn verknallt.

„Wer ist denn der Heini?", spottete Gabriel. Hannah zuckte mit den Schultern. „Johannes. Ich kenne ihn eigentlich gar nicht so richtig. Er will auch unbedingt Walzer lernen."

Hannah fühlte sich mies, als sie das sagte. Aber sie wollte Gabriel eben unbedingt gefallen. Sie hoffte nur, dass Johannes sie nicht gehört hatte.

Es schien nicht so. Er ging auf Nicole zu, die als eine von wenigen noch keinen Partner hatte. Nicole warf Hannah ein triumphierendes Lächeln zu. Es traf Hannah wie ein Faustschlag in den Magen.

Es schmerzte so, dass sie den ersten Tanz mit Gabriel gar nicht genießen konnte. Außerdem hatte sie die ganze Zeit über Angst, sich lächerlich zu machen. Und ihre Bluse kratzte im Nacken, genau da, wo Gabriel seine Hand hatte.

Als der Walzer zu Ende war, bat Jean-Paul Ricken seine Schüler, die Partner zu tauschen. Hannah wandte sich zu Johannes, doch der ließ Nicole einfach nicht los. Er schien sich mit der Schlange sogar köstlich zu amüsieren. Gerade flüsterte er ihr etwas ins Ohr. Nicole warf den Kopf in den Nacken und lachte. Nicht so albern und künstlich wie sonst immer. Sondern aus vollem Herzen.

„Junge Dame, wer ist Ihr Partner?", fragte Ricken quer durch den Saal.

Hannah blickte sich um. Es war nur noch Kalli übrig, der langweilige Typ aus ihrer Klasse, von dem niemand wusste, ob er überhaupt sprechen konnte. Kalli grinste, als hätte er den Hauptgewinn gezogen. Hannah legte ihm die Hand auf die Schulter und versuchte, so viel Luft wie möglich zwischen sich und ihn zu bringen. Die Minuten bis zur Pause dauerten Jahre.

Wenn du der Meinung bist, dass sich Hannah bei Johannes entschuldigen sollte, dann lies weiter auf Seite 76.

Wenn du findest, dass es nichts gibt, wofür sich Hannah entschuldigen müsste, dann lies weiter auf Seite 83.

# Crazy Cool

Hannah liebte Tiere über alles. Aber Franz-Ferdinand? Nein, danke! Er war süß und Dackel an sich fand Hannah echt knuffelig. Aber „EffEff" hatte den Ruf, der eigenwilligste Hund der Welt zu sein. Allein wenn Hannah daran dachte, ihn auf offener Straße zu rufen: „Franz-Ferdinand! Franz-Ferdinand!" – Die Leute würden doch denken, sie wäre völlig durchgeknallt. Oder auf der Suche nach ihrem Uropa. Nein, da war die andere Möglichkeit schon besser. In einem Laden wie dem Crazy Cool zu bedienen war doch einfach ein Traum! Blieb nur ein Problem. Das Crazy Cool stellte nur Mädchen ein, die mindestens vierzehn Jahre alt waren. Lena hatte mal danach gefragt, als sie das elterliche Budget hoffnungslos überrissen hatte und selbst sie nichts mehr kaufen konnte. Olli, der Chef, war knallhart geblieben. „Unter vierzehn? Keine Chance?"

Hannah wurde im November vierzehn, soooo lange hin war das nun auch wieder nicht. Immerhin war schon Juni. Aber sie wusste, Olli würde das anders sehen.

Nach dem Abendessen kramte Hannah ihren Schülerausweis aus der Schublade. Sie hatte ihn direkt bei ihrer Ankunft von Frau Direktor Malmedee ausgehändigt bekommen und seitdem kein einziges Mal benutzt.

„Zum Glück bin ich nicht so unordentlich wie andere Leute", murmelte sie und bekam gleich von Lena ein Kissen an den Kopf. Lenas Seite des Zimmers ähnelte eher einem Schlachtfeld. Manchmal wunderte Hannah sich, wie ihre Freundin abends ihr Bett fand.

„Dafür habe ich andere Qualitäten", rechtfertigte Lena sich grinsend.

„Ja? Welche?", fragte Hannah nach – und duckte sich schnell, bevor das zweite Kissen geflogen kam.

Sie legte den Ausweis auf den Schreibtisch, knipste die Lampe an und zog sie dicht über das Papier.

„Eigentlich muss ich ja nur die Jahreszahl ändern …", murmelte sie.

Sie spürte Lenas Kopf auf ihrer Schulter. Lenas warmer Atem kitzelte sie am Hals.

„Dummerweise ist das mit Computer gedruckt", erkannte Lena. „Und du bist keiner."

Hannah verdrehte die Augen. „Blitzmerker! Aber wenn ich mit einem schwarzen Stift ganz vorsichtig …"

Sie nahm einen Tintenstift und versuchte es. Ganz vorsichtig zog sie ein Häkchen nach.

„Super!", gratulierte Lena ironisch. „Sieht aus wie ein gefälschter Schülerausweis."

Hannah seufzte. Die allerbeste Freundin aller Zeiten hatte leider völlig Recht. Der Ausweis war völlig verdorben. Auch ein Blinder mit Krückstock hätte das Geburtsdatum sofort als plump gefälscht erkannt. Olli konnte sie damit jetzt nicht mehr reinlegen. Sie versuchte noch, die Tinte wieder wegzuradieren. Das Ergebnis war ein Loch, dort wo das Geburtsjahr sein sollte.

Genervt sackte Hannah auf ihrem Stuhl zusammen. „Und jetzt?", schnaufte sie. „Mit einem Personalausweis geht's ja wohl schon gar nicht."

Lena warf sich aufs Bett und starrte an die Decke. „Du musst dir einen Schülerausweis leihen", sagte sie nach langem Grübeln. „Von jemandem, der vierzehn ist."

Hannah dachte nach. In ihrer Klasse gab es nur eine: Nicole!

„Auf keinen Fall von dieser Zicke!", rief sie. „Dann lieber nicht zum Ball … zu dem ich eigentlich sowieso nicht will …"

Lena wollte ein Kissen schmeißen, doch die lagen schon alle bei Hannah. „Du willst dahin, du weißt es nur noch nicht", widersprach sie. „Und du wirst einen unvergesslichen Abend haben."

„Ja", knurrte Hannah. „Im Jugendknast, wegen Urkundenfälschung. Vielen Dank!"

Lena setzte sich auf. „Sammy, aus der Acht! Die sieht dir doch total ähnlich!"

Hannah schüttelte den Kopf. „Sammy? Ich hab doch nicht so einen Rüssel!", sagte sie entrüstet. „Und die wiegt glatt zehn Kilo weniger als ich."

Lena winkte ab. „Das sieht man bei den Passbildern ja wohl nicht. Aber ihre Haarfarbe ist gleich und die Kinnpartie, ich glaube sogar, ihr habt die gleichen Augen …"

Hannah stieß die Luft aus. Allerdings musste sie zugeben: Sammy und sie waren zwar keine Zwillinge, aber eine gewisse Ähnlichkeit war schon da. Jerome hatte Sammy sogar einmal von hinten die Augen zugehalten, weil er sie für Hannah gehalten hatte.

„Okay, ich frag sie", beschloss Hannah und war schon an der Tür.

Das Zimmer von Sammy und Maja lag ein Stockwerk höher. Zwei Minuten später saßen sie Sammy gegenüber.

„Dir kann echt nichts passieren", redete Lena auf sie ein. „Wenn Hannah erwischt wird, kannst du immer noch sagen, du hast deinen Ausweis verloren."

Sammy dachte nur kurz nach. „Okay, kein Problem, ist ja ein Notfall", sagte sie lachend. „Wäre doch schade, wenn du nicht beim Ball dabei sein könntest."

Hannah fiel ihr um den Hals. Einen kleinen Stein hatte sie aus

 dem Weg geräumt. Der größere aber wartete noch auf sie.

Am nächsten Tag stand sie völlig aufgeregt vor dem Crazy Cool. Hippe Musik schallte aus der offenen Tür. Normalerweise bekam Hannah vor dem Schaufenster immer feuchte Hände. Aber nur, weil sie die Klamotten so toll fand und doch nie kaufen konnte. Alle paar Monate mal ein Teil. Und das auch noch von den reduzierten Sachen, wie Nicole jedes Mal spitz bemerkte. Jetzt jedoch schlotterten ihr die Knie aus einem ganz anderen Grund.

Hannah strich sich gedankenlos durch die Haare. Dabei hätte sie sich fast den Seitenscheitel ruiniert. Den trug sie nur, weil Sammy auf ihrem Foto auch so einen hatte. Außerdem hatte sie sich stark geschminkt, um älter auszusehen. Sie betrachtete ihr Spiegelbild in der Scheibe. Sah irgendwie fremd aus. Wenn ihr das schon so vorkam, ließ sich ja vielleicht auch Olli täuschen.

„Rein in die Höhle des Löwen", murmelte Hannah und trat über die Schwelle. Sie hielt nach Olli Ausschau, fand ihn aber nicht. Das Crazy Cool war nicht besonders groß, aber vollgestopft mit Klamotten in den angesagtesten Styles. Die

**JUNG**

**FLIPPIG**

**COOL**

Wände waren in grellem Pink gestrichen. Von den Decken baumelten an langen Ketten einfache Stangen herunter. Daran hingen die Kleiderbügel. Musik dröhnte aus den Boxen. In der Ecke stand ein Kühlschrank. Und neben der Tür ein rotes Sofa, das in der ganzen Stadt bekannt war. Wenn Hannah Millionärin wäre, hatte sie einmal zu Lena gesagt, würde sie einfach den ganzen Laden kaufen. Als Ankleidezimmer. Jedes Teil war genau ihr Geschmack.

„Hallo, ich möchte zu Olli", sagte sie jetzt zu der Frau hinter der Theke. Sie war etwa zwanzig und legte gerade in irrem Tempo T-Shirts zusammen.

„Hi", antwortete sie, ohne von ihrem Stapel hochzusehen. „Der Chef ist im Urlaub. Was wolltest du denn von ihm?"

Unsicher blickte Hannah sich um. Fünf Mädchen waren da, zwei Jungen. Keinen von ihnen hatte sie jemals gesehen. Keiner konnte also den Schwindel verraten. Den meisten Schülern vom Schloss war das Crazy Cool einfach nicht teuer genug.

„Ich habe von einer Freundin gehört, dass er eine Aushilfe sucht", antwortete Hannah mit zittriger Stimme. „Ich bin auch vierzehn!"

Sofort hätte Hannah sich am liebsten auf die Zunge gebissen. Jetzt wurde die Frau bestimmt misstrauisch. Doch die sah nur kurz hoch.

„Okay, wann kannst du anfangen?"

Hannah war völlig überrumpelt. „Ähm, ja, eigentlich, sofort!"

Sie schob die Hand mit dem Ausweis wieder in ihre Tasche.

„Gibt sechs Euro die Stunde", erklärte die Frau. „Wenn wir dich beim Klauen erwischen, rufen wir die Polizei, klar oder? Ich bin übrigens Nadine."

Hannah nickte. „Was soll ich machen, ähm, Nadine?"

Die Frau sah auf. Nadine war ziemlich hübsch, wie Hannah jetzt bemerkte. Sie hatte ihre langen braunen Haare zu einem lockeren Zopf geflochten, der ihr über die Schulter hing. Eine Strähne davon war genauso pink wie die Wände. Als hätte Nadine vom Streichen noch etwas Farbe übrig gehabt.

„Dann brauche ich noch deinen Ausweis", sagte sie.

Hannah biss die Zähne zusammen und schob ihr das Papierstück hin.

Nadine warf nur einen kurzen Blick drauf. „Samantha, aha."

Hannah schluckte. Daran hatte sie ja gar nicht gedacht. Sie musste sich ja nun immer wenn sie im Crazy Cool war mit anderem Namen anreden lassen.

„Ja, hähä ..." Hannah versuchte zu lachen. Am liebsten wäre sie aus dem Laden gelaufen und nie mehr zurückgekehrt. „Aber die meisten nennen mich Sammy."

Nadine sah auf die Uhr. „Gut, Sammy, dann fang mal mit den Kartons da drüben an. Das ist Nachschub.

Schau einfach, welche Sachen wo liegen, und füll die Fächer auf, okay?"

Hannah nickte. „Klar, kriege ich hin!"

Und dann legte sie los. Es machte wahnsinnigen Spaß. Klar, Kleider einräumen war keine Raketentechnik. Doch die ganze Atmosphäre im Crazy Cool gefiel ihr einfach richtig gut. Nadine sah ihr ein paar Mal über die Schulter und lobte Hannah. Einmal stimmte sie sogar in einen der Songs ein und stupste Hannah mit der Hüfte an. Hannah sang mit und fühlte die Blicke aller Kunden im Laden auf sich. Alle beneideten sie um diesen Job. Ein Realschüler, den Hannah vom Sehen kannte, bettelte so lange, bis er ihre Handynummer bekam. Er hieß Johannes, sah gut aus und war echt sehr freundlich.

Es hätte der perfekte Nachmittag sein können. Doch dann kam Nicole.

„Hannah? Was machst du denn hier?", rief sie quer durch den Laden. Alle drehten sich um, als wenn Hannah die Krätze hätte.

„Hannah?", horchte Nadine auf. „Ich dachte, du heißt Sammy?"

Hannah wäre am liebsten im Boden versunken. Sie sah sich schon von der Schule fliegen, wegen Diebstahl eines Schülerausweises. Sie öffnete den Mund, schloss ihn aber gleich wieder. Mit allem hätte sie gerechnet, nur mit einem nicht. Nicole rettete sie.

„O Mann, ja, Entschuldigung, jetzt sehe ich's auch." Sie tat verwirrt. „Ich hab dich mit einer aus der Siebten verwechselt."

Sie sah Hannah scharf an.

Hannah versuchte zu lachen. Es klang unecht und viel zu laut. „Das passiert vielen", sagte sie und winkte ab. „Bei manchen Freundinnen ist das sogar schon mein Spitzname: Hannah."

Nicole lachte mit. Nadine wandte sich einem Mädchen zu, das drei T-Shirts bezahlen wollte.

„Okay, meine liebe Sammy", zischte Nicole, bevor Hannah auch nur daran denken konnte, sich zu bedanken. „Du hast einen falschen Ausweis benutzt. Wenn ich rede, ist das das Ende deiner Musical-Karriere. Ich könnte allerdings auch schweigen …"

Hannah schnappte nach Luft. Das „Schweigegeld", das Nicole verlangte, war extrem hoch: Sie sollte im Tanzkurs von Jean-Paul Ricken die Finger von Gabriel lassen. Morgen. Und für immer. Kein einziges Mal mit ihm tanzen, sonst würde Nicole alles verraten. Der Direktorin und ihm.

Hannah stimmt zu. Wenn du auch der Meinung bist, dass ihr gar nichts anderes übrig bleibt, lies weiter auf Seite 101.

Hannah lehnt ab. Wer sich einmal erpressen lässt, ist für immer in der Hand des Erpressers. Oder in diesem Fall: der Erpresserin. Wenn du das genauso siehst, lies weiter auf Seite 86.

# Eins, zwei, drei Liebe

Zwei Tage später war es so weit. Es war eigentlich viel zu heiß für Mitte Juni und Hannah schwitzte auf dem Fahrrad. Zum Haus von Johannes' Eltern musste sie auch noch quer durch die ganze Stadt. Als sie die Nummer 56 gefunden hatte, stieg sie mit rasendem Herzen ab. Zur einen Hälfte vor Anstrengung, zur anderen vor Aufregung. Das Haus war klein, aber sehr gepflegt. Der Duft von den üppigen, knallbunten Blumenbeeten im Vorgarten wehte zu Hannah hinüber.

„Wenigstens etwas, das gut riecht", murmelte Hannah und hob einen Arm. Ihr Deo hielt noch, aber nach der Tour wurde es langsam kritisch. Dummerweise hatte sie alles Mögliche in ihrer Handtasche, nur kein Deo!

Sie schloss das Rad an den Zaun. Ist das hier wirklich eine gute Idee?, schoss es ihr durch den Kopf. Johannes war sehr nett gewesen, aber vielleicht war es doch zu früh, gleich zu ihm nach Hause zu gehen. „Mädchen müssen sich rar machen", sagte Hannahs Oma immer.

Sie hingegen lief Johannes ja beinahe so hinterher wie Franz-Ferdinand ihr an der Leine. Oder nicht?

Hannah atmete tief durch. Nun hatte sie den weiten Weg hinter sich gebracht. Abhauen konnte sie immer noch. Außerdem hatte sie einen sehr guten Grund, schon bald wieder zu gehen: Der Dackel musste um 16 Uhr abgeholt werden, sonst war Hannah ihren Job los.

Als sie den Vorgarten durchquerte, bewegte sich eine Gardine. Hannah stopfte sich schnell einen Kaugummi in den Mund. Bevor sie auf die Klingel drücken konnte, wurde die Tür schon geöffnet. Johannes strahlte sie an.

„Hi!", sagte er etwas verlegen. „Ich hatte schon Angst, du kommst gar nicht. Sooo gut kennen wir uns ja noch nicht."

Hannah lächelte unsicher. Konnte Johannes Gedanken lesen?

„Hi", antwortete sie einfach. „Kann ich reinkommen oder tanzen wir im Garten?"

Johannes lachte und trat zur Seite. „Sorry, komm rein. Meine Mutter ist zwar da, aber sie wird uns nicht auf der Geige begleiten."

Eine Frau, der Johannes wie aus dem Gesicht geschnitten war, stellte gerade im Wohnzimmer eine Kanne Tee auf den Tisch.

„Hallo!", grüßte Hannah. „Sie haben es aber schön hier."

Das war gar nicht geschleimt. Hannah gefiel das Haus von innen noch besser als von außen. Zumindest das, was sie bisher gesehen hatte. Der Raum war ein riesiges Wohnesszimmer, der von der Küche nur durch einen Tresen getrennt war. Vier Barhocker standen dort, so konnten Gäste beim Kochen zusehen oder bei den Vorbereitungen mithelfen. Alles war milchkaffeefarben gestrichen, was gleichzeitig edel und gemütlich wirkte. Auf einem großen Sofa am Fenster saß ein Mädchen. Blond, hübsch, mit wachen Augen. Eindeutig Johannes' Schwester. Etwa zwei Jahre jünger als er. Vor ihren Füßen wälzte sich ein Golden Retriever auf dem Boden.

„Du bist Hannah, stimmt's?", fragte die Mutter.

Hannah wurde rot. Sie hatte sich gar nicht vorgestellt. Johannes hatte sie aber offensichtlich angekündigt.

„Und du willst wirklich mit Johannes Walzer tanzen?" Die Mutter lachte. „Das finde ich richtig cool!"

Hannah nickte. „Ich finde das auch cool. Johannes hilft mir echt aus einem großen Schlamassel."

Sie fing an, vom Schloss und von dem Ball zu berichten. Johannes machte ab und zu seine Witze. Sie tranken zwei Kannen Tee und aßen Kuchen und Hannah fühlte sich richtig wohl.

Irgendwann stand Johannes' Mutter auf. „Ich mache das mit dem Abräumen, ihr habt zu arbeiten."

Hannah nickte. Jetzt wurde es also ernst.

„Wir gehen zu mir ins Zimmer", schlug Johannes vor. „Das ist zwar nicht riesig, aber da hängen keine neugierigen Kinder rum."

Er zeigte mit dem Kinn auf seine Schwester. Die streckte ihm die Zunge raus.

Johannes führte Hannah die Treppe nach oben. Sein Zimmer war etwa so groß wie das von Hannah und Lena im Internat. Nur er bewohnte es natürlich allein. An den Wänden waren Poster von Fußballspielern, einigen Bands und einem Motorrad. Johannes rückte seinen Stuhl an den Schreibtisch und ging zu einer kleinen Musikanlage, in der sein Handy steckte.

„Bereit?"

Hannah schüttelte den Kopf. „Nein, überhaupt nicht. Wie geht's denn los?"

Johannes ging auf sie zu. Hannah sah ihn wie in Zeitlupe näher kommen. Sie fühlte sich verschwitzt, hässlich und völlig falsch angezogen. Und jetzt sollte sie Johannes auch noch anfassen?

Johannes blieb vor ihr stehen. Er war echt süß.

„Gib mir mal deine linke Hand. Die rechte legst du mir einfach auf den Rücken."

Hannah versuchte, ihre Handflächen unauffällig an ihrer Jegging zu trocknen. Es wirkte aber eher so, als hätte sie Pommes oder Pizza gegessen und würde nun das Fett an ihre Hose schmieren. Johannes gab sich Mühe, nicht zu grinsen.

Hannah legte ihm die Hand auf den Rücken. Sein T-Shirt war trocken, als käme es gerade frisch aus dem Schrank.

Meins fühlt sich eher so an, als käme ich damit gerade aus der Dusche, dachte Hannah. Johannes aber ließ sich nichts anmerken.

Sie standen in etwa einem Meter Abstand voreinander.

„Wenn du ein bisschen näher kommst, könnte es fast wie ein Tanzpaar aussehen", witzelte Johannes. Also ging Hannah näher. Zehn Zentimeter. Dann noch mal zehn. Sie schämte sich fürchterlich, auch wenn niemand zusah. So nah war sie einem Jungen noch nie gewesen, seit sie aus dem Kindergarten heraus war. In der Grundschule hatte sie mal einen Freund gehabt, der mit ihr Händchen halten wollte. Aber nach zwei Tagen hatte er Hannahs Freundin einen Lutscher mitgebracht und ihr nicht. Hannah hatte sofort Schluss gemacht. Seitdem aber: Sendepause. Klar, mit Lena lag sie eng umschlungen auf dem Bett. Manchmal auch mit Franzi und Lena zu dritt auf null Komma drei Quadratmetern, die Beine ineinander verschlungen, und sie hörten Musik. Da war nichts peinlich. Aber jetzt, hier, mit einem Jungen? Das ging irgendwie gar nicht.

„Ich glaube, ich kriege das nicht hin", gestand Hannah. „Du kommst mir zu nah."

Johannes lachte. „Das lässt sich beim Tanzen nicht verhindern", antwortete er. „Genau genommen ist es sogar das, worum es beim Tanzen geht."

Hannah setzte sich auf den Stuhl. „Kannst du's mir erst mal alleine vormachen? Ohne Partnerin?"

Johannes schüttelte den Kopf. „Du meinst, ich soll mich vor dir zum Affen machen? Also entweder tanzen wir oder wir lassen es. Dein teurer Tanzlehrer dreht sich auch nicht alleine im Kreis."

Hannah seufzte. „Walzer ist Dreivierteltakt, stimmt's?"

Johannes nickte. „Eins, zwei, drei, Pause, eins, zwei, drei, Pause – so bewegst du dich."

Hannah stand auf. Eine Sekunde lang hatte sie Mut. Die musste sie nutzen. „Okay, schmeiß die Musik an", kommandierte sie. „Und dann komm her."

Johannes grinste. „Schon besser! Aber beim Tanzen führe ich."

Er zog Hannah diesmal ein bisschen näher an sich, aber es war immer noch genug Sicherheitsabstand zwischen ihnen. Hannah konnte zu viel Berührung gut vermeiden.

Die Musik lief und Johannes zeigte Hannah den Grundschritt. Eins, zwei, drei, Pause, eins, zwei, drei, Pause. Das war eigentlich ziemlich easy. In *Musical II* musste Hannah

eine Choreografie hinlegen, die hundertmal schwerer war. Nur, da war das alles nur Show. Wenn Mustafa sie anhimmelte, war es für Hannah kein Problem, ihn anzufassen oder wegzuschubsen. Das war nicht echt. Aber hier ... das war das wirkliche Leben. Hier spielte sie keine Rolle. Hier war sie Hannah, die schwitzte und sich unwohl fühlte und trotzdem tanzen musste. Mit eckigen Bewegungen stolperte sie durch das Zimmer.

Johannes ließ sich nichts anmerken. Er führte Hannah sehr gut. Nach und nach schwand ihre Angst. Die letzte Viertelstunde lang hatte sie sogar beinahe Spaß. Sie musste nicht mehr bei jedem Schritt auf ihre Füße schauen. Und die Nähe zu Johannes war gar nicht mehr so schlimm.

„Ich muss jetzt gehen", sagte sie um kurz vor vier. „EffEff wartet, Franz-Ferdinand."

Sie umarmte Johannes und hauchte ihm einen Kuss auf die Wange.

„Das war ein sehr schöner Nachmittag."

Das Üben mit Johannes war ein guter Anfang, um die Angst vor dem Tanzen zu verlieren. Trotzdem will Hannah bei dem Kurs im Internat ab der ersten Stunde dabei sein. Mit Johannes will sie nichts überstürzen. Lies weiter auf Seite 86.

Hannah will Geld sparen. Sie fühlt sich nach dem Nachmittag bei Johannes so sicher, dass sie erst ab der zweiten Unterrichtsstunde am Kurs teilnimmt. Wenn du das auch so gemacht hättest, lies weiter auf Seite 108.

# Nicht so gemeint

Als Jean-Paul Ricken in seiner gezierten Art zur Pause in die Hände klatschte, ließ Johannes Nicole endlich los. Hannah biss die Zähne zusammen. Fand er diese Schnepfe etwa besser als sie? Am liebsten wäre sie auf der Stelle mit den anderen in den Schlossgarten gegangen und hätte so getan, als fände sie das alles gar nicht schlimm. Sie konnte mit Gabriel plaudern, mit Lena herumalbern oder einfach mit Sammy aus der Acht über dies und das reden. Johannes aber wäre sie dann wohl für immer los.

„Kann ich mal mit dir reden?", hörte Hannah sich selbst sagen. Ihre Füße hatten irgendwie den Weg zu Johannes gefunden.

Johannes drehte sich von Nicole weg zu ihr.

„Geh schon mal vor", bat er Nicole und zwinkerte ihr zu.
Nicole verschwand nur widerwillig. Endlich war Hannah mit Johannes allein.

„Keiner kann sie leiden", begann Hannah.

„So?", fragte Johannes einfach nur.

Hannah holte tief Luft. „Eigentlich wollte ich etwas ganz anderes sagen: Es gibt mir immer einen Stich, wenn ich dich mit ihr sehe."

Johannes lächelte. Nicht überlegen und schon gar nicht abfällig. „Dann weißt du ja jetzt, wie es mir geht, wenn du mit dem Angeber da tanzt."

Er zeigte durch das Fenster in den Garten. Gabriel und seine Jungs standen im Kreis. Gabriel rauchte, was auf dem Gelände des Internats eigentlich strengstens verboten war.

„Außerdem dachte ich, ich wäre nur so ein Typ, den du eigentlich gar nicht richtig kennst", redete Johannes weiter. „Da macht es dir doch wohl nichts aus, wenn ich mit anderen Mädchen flirte?"

Hannah schluckte. Er hatte also doch gehört, was sie Gabriel über ihn gesagt hatte.

„Das ... das war doch nicht so gemeint ...", stammelte sie. „Ich ..."

„Ja?" Johannes sah sie ernst an.

„Ich muss – und ich will – mich bei dir entschuldigen", sagte Hannah und fasste Johannes am Arm. Er zog ihn nicht weg, das war wohl ein gutes Zeichen. „Gabriel war lange mein großer Schwarm. Ich konnte ihn nicht wegschicken, als er mich aufgefordert hat. Aber beim Tanzen habe ich gemerkt, dass du mir viel wichtiger bist. Du mit Nicole im Arm, das war, als würde man mir das Herz rausreißen."

Hannah presste die Lippen zusammen. Tränen schossen ihr in die Augen, sie blinzelte sie schnell weg.

„Gehst du mit mir zum Abschlussball?", fragte sie schnell.

Johannes nickte. Eine Haarsträhne fiel ihm in die Stirn. Er sah verdammt gut aus.

„Ja, das will ich sehr, sehr gerne", antwortete er feierlich. „Ich habe nämlich auch schon lange einen großen Schwarm. Jedes Mal wenn ich zur Powerweide gekommen bin, habe ich gehofft, dich zu treffen."

Hannah beugte sich vor. Sie zog Johannes' Kopf ganz dicht zu sich. Dann küsste sie ihn. Mitten auf den Mund. Ihr blieb die Luft weg. Sie war so eine Idiotin gewesen …

„Hey, spart eure Energie für den Walzer!", spottete Lena.

Die Pause war vorbei. Alle Schüler trotteten cool in den Saal zurück. Alle sahen, wer hier bis über beide Ohren verknallt war. Auch Gabriel. Und Nicole.

Die zweite Hälfte der Stunde tanzte Hannah nur mit Johannes. Ihr war, als gäbe es die anderen gar nicht. Johannes führte sie wie ein erfahrener Tänzer. Wie auf Wolken schwebten sie durch den Ballsaal. Jean-Paul Ricken lobte sie mehrfach.

So blieb es auch bei den kommenden Kurstreffen. Gabriel beachtete Hannah überhaupt nicht mehr, auch während der Schule und im Speisesaal nicht. Lena fiel es auf, Hannah kein bisschen. Sie dachte nur noch an Johannes. Und an Franz-Ferdinand, der ja eigentlich daran schuld war, dass sie mit ihrem Freund zusammengekommen war.

„Du brauchst noch ein Kleid", erinnerte Lena Hannah eine Woche vor dem Ball und warf ihr den Katalog aufs Bett. Auf jeder zweiten Seite war mit Kuli ein Kreuz unter den Kleidern. Die Auswahl ging von romantisch-kitschig bis cool und lässig.

Hannahs erster Gedanke war, dass Johannes das Ballkleid mit ihr zusammen aussuchen sollte. Aber Lena tippte sich an die Stirn.

„Bei dir piept's wohl!", sagte sie empört. „Du musst ihn überraschen."

Nach zwei Stunden hatte Hannah sich endlich entschieden. Für ein richtiges Ballkleid wie aus dem Märchen. Es war cremefarben und unten weit ausgestellt. Im Internet konnte man es von allen Seiten anschauen. Es war einfach großartig!

„Hoffentlich kommt Johannes dann überhaupt an mich ran", sagte Hannah lachend. Dann drückte sie auf den Bestell-Button. Der Preis war zwar zum Haareraufen, aber Lena hatte versprochen, ihr das Geld zu leihen, bis sie ihr mit dem Hundesitting alles zurückzahlen konnte.

Einen Tag vor dem Ball wartete ein großes Paket in der Poststelle des Internats auf sie. Nur Lena durfte ihr beim Anprobieren zusehen.

„Prinzessin Hannah bittet zum Tanz", kommentierte die allerbeste Freundin aller Zeiten. Ungläubig schüttelte sie den Kopf, so umwerfend sah Hannah in diesem Kleid aus. Und genauso reagierte auch Johannes, als er Hannah am Abend des Balls auf ihrem Zimmer abholte. Er war so durcheinander von ihrem Anblick, dass er glatt vergaß, ihr die Blumen zu überreichen, die er besorgt hatte.

Als sie Arm in Arm zum Schlosssaal gingen, begegneten ihnen Gabriel und Nicole. Hannah nickte ihnen zu. Doch die beiden drehten sich weg. Hannah fühlte nichts bei Gabriels Anblick.

Nachdem Direktorin Malmedee den Ball offiziell eröffnet hatte, begann ein Streichquartett zu spielen. Natürlich Walzer. Hannah und Johannes waren gar nicht mehr von der Tanzfläche zu kriegen. Hannah lachte bei dem Gedanken, wie spießig sie den Ball gefunden hatte, als sie zum ersten

# I LOVE YOU TO THE MOON

## AND BACK

Mal davon hörte. Damals, vor langer, langer Zeit, als Johannes noch nicht ihr Freund gewesen war.

Noch am selben Abend sprach Jean-Paul Ricken Hannah und Johannes an. Sie seien mit Abstand das Paar, das am besten tanze. Ob sie sich schon einmal überlegt hätten, diesen Sport professionell zu betreiben?

Vier Monate später tanzten die beiden ihr erstes Turnier. Seitdem sind unzählige gefolgt. Hannah hat ihre Träume von einer Karriere als Musical-Darstellerin beerdigt. Heute tanzt sie mit Johannes Walzer, Samba und ihren Lieblingstanz Tango, oft sogar in anderen Ländern. Jean-Paul Ricken trainiert zweimal wöchentlich mit ihnen und managt sein Traumpaar, es macht allen dreien einen Riesenspaß. Gerade flatterte sogar eine Einladung nach Argentinien auf seinen

Schreibtisch. Durch die vielen Preisgelder, die sie gewonnen haben, können sich Hannah und Johannes den Flug leisten. Ob sie noch verliebt sind? Bis über beide Ohren.

## Ende

Juhuuuuuuuu!!!!!!!

# Schluss mit lustig? Liebe

Hannah drehte sich alles im Kopf. Und das lag nicht daran, dass Kalli so ein unglaublich guter Tänzer war. Er entschuldigte sich andauernd, weil er Hannah auf den Füßen stand. Doch Hannah spürte das gar nicht. Sie fühlte sich völlig wie im falschen Film. Johannes hatte sie bis auf die Knochen gedemütigt.

„Was mache ich hier eigentlich?", rief sie plötzlich so laut, dass Jean-Paul Ricken zusammenzuckte.

Mitten im Tanz ließ Hannah Kalli stehen und stürmte aus dem Saal. Im Schlossgarten lehnte sie sich mit dem Rücken an eine Linde und sah auf den See hinaus. Dort saßen junge Leute und benahmen sich wie junge Leute. Sie alberten herum und sicher kam niemand von ihnen auf die Idee, Anzug oder Ballkleid anzuziehen und sich zu altmodischer Musik im Kreis zu drehen.

„Alles klar bei dir?", erkundigte sich Lena und setzte sich neben ihre allerbeste Freundin aller Zeiten.

Hannah nickte. „Ja, ich habe schon lange nicht mehr so klar gesehen", sagte sie mit fester Stimme. „Tradition hin oder her, aber diese ganze Walzertanzerei ist nichts für mich. Ich finde das Ganze affig. Punkt. Ich liebe Tanzen, aber nicht so."

Lena legte ihren Kopf auf Hannahs Schulter. „Ich weiß. Du bist für's Musical gemacht. Für wilde Tänze. Für lautes Singen. Für Schauspielerei."

Hannah umarmte Lena. „Ich werde dich nicht auslachen, wenn du in drei Wochen zum Ball gehst", erklärte sie. „Doch ich werde nicht kommen."

Und Hannah hielt Wort. Anstatt im Tanzkurs Standardtänze zu lernen, stürzte sie sich in die Proben zum Musical. Das zahlte sich aus, Madame Clodell verschaffte ihr einen Platz in einem ultrabeliebten Ferienseminar bei einem echten Musical-Star. Hannah konnte den letzten Schultag kaum abwarten. Am Abend des Balls war sie allerdings doch ein bisschen wehmütig. Sie half Lena beim Ankleiden und begleitete sie bis zum Saal. Dort nahm Basti, ihr Tanzpartner, ihre Freundin in Empfang. Der Saal sah fantastisch aus, genau wie Lena. Hannah warf einen kurzen Blick hinein. Johannes war nicht da. So schön es auch mit ihnen angefangen hatte, sie hatten es verbockt.

„Ich wünsche euch einen unvergesslichen Abend", flüsterte Hannah. Dann verschwand sie allein auf ihr Zimmer.

Ein trauriges Ende? Nicht ganz. Später am Abend klopfte es an der Zimmertür. Lena brachte einen Besucher, der wegen seiner Jeans nicht in den Saal gelassen worden war. Johannes. Er hockte sich zu Hannah aufs Bett und die beiden quatschten sich aus, bis Lena um Mitternacht mit zertanzten Schuhen vom Ball kam.
Von ihrem Musical-Seminar schrieb Hannah Johannes jede freie Minute. Und bei ihrer Rückkehr ins Internat wartete Johannes bereits an der Powerweide auf sie. Seitdem sind sie fest zusammen.
Hannah ist nun schon weit über die Stadtgrenze hinaus bekannt. Ihre Auftritte sind so voller Power, dass viele Zuschauer nur wegen ihr kommen. Und diese Power gibt ihr Johannes, der tollste Freund, den sich Hannah nur wünschen kann.

*Ende*

# Petze

**WALZER**

Hannah war furchtbar nervös. Sie hatte gestern Abend fast bis Mitternacht mit Franzi und Lena Walzer geübt. Die Grundschritte, die Haltung der Arme, den vornehmen Gesichtsausdruck. Das hatte einen Riesenspaß gemacht. Doch jetzt wurde es ernst.

Heute war die erste Unterrichtsstunde bei dem ominösen Herrn Ricken. Ihre Mitschüler sprachen den Namen so aus, als würde er zur königlichen Familie gehören. Daraufhin hatte Hannah ein bisschen über ihn im Internet recherchiert. Jean-Paul Ricken war tatsächlich ein sehr angesehener Tänzer gewesen. Er hatte mit seiner argentinischen Partnerin den dritten Platz bei der Samba-Weltmeisterschaft geholt, sich bei vielen Wettbewerben quer durch Europa getanzt und einen Pokal nach dem anderen gewonnen. Vor zehn Jahren dann hatte er seine Karriere an den Nagel gehängt und eine Tanzschule für Jugendliche aufgemacht. Man könnte auch sagen, *die* Tanzschule für Jugendliche. Im ganzen Land gab es niemanden, der einen besseren Ruf hatte als Jean-Paul Ricken. Dass er sein Studio verließ und zum Unterricht ins Schloss kam, verdankten die Schüler ihrer Direktorin. Frau Malmedee kannte Ricken schon seit dreißig Jahren.

Hannah hatte schon mit vielen Trainern und Lehrern zusammengearbeitet. Auch Jean-Paul Ricken wollte sie nicht enttäuschen und ihr Bestes geben.

Doch das war leichter gesagt als getan. Hannah schwirrten zu viele Dinge durch den Kopf. Immer wieder erwischte sie sich dabei, auf ihr Handy zu starren. Hatte sich Johannes vielleicht gemeldet?

Die Tanzstunden waren im Festsaal des Schlosses angesetzt, dort wo in drei Wochen auch der Ball stattfinden würde.

„Hier möchte ich gerne einmal heiraten", hatte Hannah gesagt, als Lena ihr den Saal am Anfang des Schuljahres gezeigt hatte. Es war ein Ballsaal wie im Märchen. Die Stühle waren alt, aber gut erhalten und mit dicken weinroten Stoffen bezogen. An die Tische passten jeweils acht Personen. Die Fenster reichten von den hohen Decken bis auf den Boden. Weinrote Gardinen waren so zur Seite geschlagen, dass alle Gäste auf den See schauen konnten. Und der war zu jeder Jahreszeit wunderschön. Zwischen den Fenstern hingen goldene

Kerzenhalter, an der Decke riesige Kronleuchter, es gab eine kleine Bühne und als Blickfang einen weißen Flügel.

Als Hannah mit Lena und Franzi den Saal betrat, waren Basti und Jerome aus ihrer Klasse schon da. Sammy, Maja, Karla aus der Achten ebenfalls, dazu einige der pickligen, völlig uninteressanten Jungs. Und Stella, das Mauerblümchen. Alles in allem etwa fünfzehn Jungen und fünfzehn Mädchen.

Hinten neben dem Flügel stand Gabriel mit seinen beiden besten Freunden. Vor ihnen Nicole, die aufgeregt von einem Fuß auf den anderen wippte. Gabriel sah Hannah an. Nicole merkte, dass das Fischlein nicht an ihrer Angel angebissen hatte, und folgte Gabriels Blick. Genau in Hannahs Augen. Sie verzog das Gesicht, ließ Gabriel stehen und kam zu Hannah herüber. Dann zischte die Zicke ihr ein paar Freundlichkeiten ins Ohr.

„Wenn du Gabriel auch nur einen Zentimeter näher kommst, erzähle ich einfach ein bisschen was von deinem Job", sagte sie und lächelte dabei, als würde sie Hannah gerade ein Kompliment machen.

Hannah ballte die Fäuste. Auch wenn es schwerfiel, sie durfte sich nicht erpressen lassen. Sie mochte Jerome und Basti und Johannes gefielen ihr richtig gut. In Gabriel jedoch war sie seit dem ersten Tag an der Schule verschossen. Genau genommen war er der Grund, warum sie überhaupt an diesem Kurs teilnahm. Wenn Hannah an den Ball dachte, sah sie sich und Gabriel als Tanzpaar. Niemand anderen neben sich. Und diesen Traum würde sie sich nicht von so einer Schnepfe wie Nicole kaputtmachen lassen.

Also lächelte sie Nicole böse an. „Jetzt werde ich mich nur noch mehr an ihn ranschmeißen", giftete sie zurück. „Und wenn du irgendwem irgendwas erzählen willst, tu es. Ich weiß, dass Gabriel eine Sorte Mensch ganz besonders hasst: Petzen. Schönen Tag noch!"

Damit drehte Hannah sich um und ging zu Basti und Jerome.

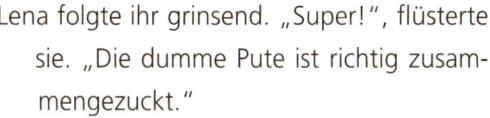

Lena folgte ihr grinsend. „Super!", flüsterte sie. „Die dumme Pute ist richtig zusammengezuckt."

Hannah wollte antworten, da verstummten plötzlich alle Gespräche im Saal. Jean-Paul Ricken kam herein. Er durchquerte den Raum mit den langen, raschen, gleichmäßigen Schritten eines Mannes, der wusste, wann er im Mittelpunkt stand. Er hatte schulterlange braune Locken, die er mit viel Pomade nach hinten gekämmt trug, war gebräunt wie ein brasilianischer Klippenspringer und trug einen engen, schwarzen Anzug, weißes Hemd und Fliege.

Franzi kicherte. „Wusstet ihr, dass Jean-Paul nur sein Künstlername ist", zischelte sie. „In Wirklichkeit heißt der Maestro Rüdiger!"

Hannah versuchte, ihr Lachen zu verschlucken. Dabei grunzte sie wie ein Nilpferd beim Kauen.

Jean-Paul Ricken sah sie irritiert an.

„Meine jungen Damen und Herren", begrüßte er seine Schüler. „Der klassische Tanz ist eine der schönsten Ausdrucksformen für Gefühle, die sich die Menschen jemals ausgedacht haben. Auf der Tanzfläche ist es egal, welches Alter, welche Hautfarbe, welchen Beruf oder welche Schulbildung jemand hat. Es gibt nur den Unterschied zwischen den Geschlechtern. Der Mann führt. Die Dame begibt sich vertrauensvoll in die Hände ihres Partners. Aber sie ist dabei nicht passiv. Die Damen geben jedem Tanz erst die besondere Note, die Würze, der ihn dann zu einem Kunstwerk macht."

Jean-Paul Ricken verneigte sich ein wenig in die Richtung der Mädchen, die fast alle in einem Pulk zusammenstanden.

Franzi musste kichern.

„Wir sind also die Gewürze", flüsterte sie. „Lena ist Majoran, Hannah Curry und ich bin natürlich der Pfeffer."

Ricken räusperte sich.

„Wenn die Damen und Herren gut und konzentriert mitmachen, werden alle in den kommenden sechs Nachmittagen den Wiener Walzer in seiner Grundform perfekt tanzen können", versprach er mit einem Seitenblick auf die geschwätzige Franzi. „Dazu noch zwei Standardtänze aus Südamerika, Samba und Tango."

Franzi wurde rot. Sie hatte den Blick verstanden und murmelte eine Entschuldigung.

Dann ging es los. Die Mädchen mussten sich auf die eine

Seite des Saals stellen, die Jungen etwa zehn Meter entfernt ihnen gegenüber.

„Beim Tanz gelten nach wie vor die alten Geschlechterrollen", erklärte Ricken. „Der Herr fordert die Dame auf. Und nur bei triftigen Gründen ist es ihr erlaubt, einen Tanz abzulehnen."

Alle traten aufgeregt von einem Bein auf das andere. Die Jungen hatten die Hände in den Taschen und taten cool, bis Jean-Paul Ricken es ihnen strikt verbot.

„Die Haltung ist beim Tanzen das A und O", betonte er. „Alle Gäste des Balls sehen jede kleinste Bewegung von Ihnen." Dabei zeigte er mit seinem Arm einen Kreis, als würden dort jetzt schon zwei-, dreihundert festlich gekleidete Menschen sitzen.

Hannah lächelte Gabriel an. Sie versuchte ihn zu ermutigen, sie aufzufordern. Gabriel sah kurz zu ihr. Doch als Ricken

klatschte und sagte „Bitte schön, meine Herren!", lief er schnurstracks auf Nicole zu. Hannah schnappte nach Luft. Mit einem Schlag ins Gesicht hätte Gabriel sie nicht mehr verletzen können. Ausgerechnet Nicole! Hannah war so außer sich, dass der Junge vor ihr seine Aufforderung dreimal wiederholen musste. Erst als er Hannah am Arm fasste, merkte sie, wo sie sich befand.
„Ja?", stammelte sie.
„Möchtest du, also, vielleicht … mit mir tanzen …", stotterte Basti. Hannahs Schweigen hatte ihn offensichtlich völlig durcheinandergebracht.
Hannah nickte abwesend. Wie in Trance tanzte sie mit Basti. Sie kam auch nicht richtig zu sich, als Basti ihr ununterbrochen auf die Füße trat. Gabriel würdigte sie keines Blickes. Und er schien darauf zu achten, immer genau in der anderen Ecke des Saals zu tanzen. Nicole aber grinste bis über beide Ohren.

Was für ein Spiel treibt Gabriel mit ihr? Hannah ist die Sache zu blöd. Sie ruft Johannes an. Auch interessierte Schüler von außerhalb dürfen am Kurs teilnehmen, hat Herr Ricken gesagt. Wenn sie diszipliniert sind – und zahlen. Wenn du es genauso gemacht hättest, lies weiter auf Seite 108.

Hinter seinem coolen Gehabe ist Gabriel einfach nur schüchtern, vermutet Hannah. Ihr sind die „alten Geschlechterrollen" schnurz. Sie nimmt sich vor, Gabriel zu fragen, ob er bei der nächsten Stunde ihr Partner sein möchte. Wenn du es genauso siehst, lies weiter auf Seite 130.

# Aschenputtel Liebe

Drei Tage lang versuchte Lena ihre allerbeste Freundin aller Zeiten umzustimmen. Doch Hannah war dickköpfig. Sie wollte wie Aschenputtel auf dem Ball auftauchen, wenn niemand mehr mit ihr rechnete. Wie Aschenputtel in ihrem schönen Kleid natürlich. Und wie der Prinz im Märchen würde Gabriel sie anstarren und mit ihr tanzen wollen. Doch daraus würde nichts werden. Hannah würde ihn vors Schienbein treten, wenn er sich auch nur näherte. Genau das würde sie tun!

„Hannah, überleg's dir doch noch mal!", drängelte Lena, als sie sich am Ballabend ihr Kleid anzog. „Du verpasst doch die Hälfte, wenn du erst mittendrin kommst."

Hannah lag auf dem Bett und versuchte, einen Comic zu lesen. Doch sie hatte bisher noch nicht einmal mitbekommen, ob es Superman oder Micky Maus war.

„Was verpasse ich denn?", maulte sie zurück. „Die total spannende Rede von unserer Direxe?"
Lena rollte mit den Augen. „Quatsch. Aber unseren gemeinsamen Auftritt", schwärmte sie. „Wir zwei, in diesen tollen Kleidern, da wird doch jeder Junge verrückt!"
Hannah blätterte um. „Du hast doch deinen gemeinsamen Auftritt. Mit Max." Tatsächlich würde Max Lena zum Ball führen – der Junge, der auch über ein Stipendium auf dem Internat gelandet war. Ein super Musical-Tänzer und -Darsteller.
Es klopfte. Lena sah auf die Uhr. „Fünf vor acht, das kann er doch noch nicht sein?"
Max steckte seine Nase ins Zimmer. „Darf ich?"
Er trug einen grauen Anzug mit kaum sichtbaren Streifen, dazu eine dünne schwarze Krawatte.
Als er Lena sah, hob er begeistert den Daumen. Auch Hannah fand, dass das Kleid aus dem Katalog ihrer Freundin ausgesprochen gut stand. Es war ein Traum aus rotem Satin. Frau Böll, die Köchin, hatte es noch traumhafter umgenäht. Nun passte es Lena wie angegossen. Tradition im Internat war es, dass die anwesenden Eltern ihre Kinder erst beim Ball zu Gesicht bekamen. Lenas Mutter und Vater würden Augen machen!
Hannah sah wieder in ihren Comic. Sie hatte ihre Eltern nicht eingeladen, sie wussten noch nicht einmal etwas von dem Ball und das war gut so.
„Was ist mit dir?", erkundigte sich Max.

Hannah winkte ab. „Ich bin Musical-Tänzerin", antwortete sie ruhig. „Solche Bälle sind nichts für mich."

Als Lena und Max endlich gegangen waren und auf den Fluren Ruhe einkehrte, machte auch Hannah sich fertig. Zuerst schminkte sie sich. Nur ein wenig Kajal um die Augen und den silbrigen Lidschatten, den Lena ihr geschenkt hatte. Dann holte sie ihr Kleid aus dem Schrank. Es war schwarz, bodenlang und mit silbernen Pailletten bestickt. Der weite Rock rauschte um sie herum wie ein Bienenschwarm. Zwanzigmal hatte Hannah es schon vor Lena anprobiert und darin mit ihr tanzen geübt. Hannah blickte in den Spiegel. Noch die neuen sündhaft teuren Schuhe angezogen und Aschenputtel war bereit. Sie war Lena unendlich dankbar, dass sie ihr das Geld dafür vorgestreckt hatte. Auch wenn sie dafür noch ein paar Wochen würde arbeiten müssen.

Der Weg bis zum Ballsaal war Hannah noch

nie so weit vorgekommen. Überall im Schloss war es ruhig, die Gänge leer. Nur von Ferne, wie durch Watte, war Musik zu hören. Ein Walzer. Hannah schluckte. Die Idee mit dem Überraschungsauftritt war gut gewesen. Es hatte sie seit dem Zusammenstoß mit Gabriel vor dem Crazy Cool gerettet, sich immer wieder diesen Moment auszumalen. Sein entgeistertes Gesicht. Nicole, die er mitten im Tanz losließ und die vor Schreck beinahe in das Streichquartett rauschte.

Doch nun war der Traum vorbei. Willkommen in der Wirklichkeit! Hannah atmete tief durch.

„Du hast es so gewollt!", ermahnte sie sich selbst. Dann trat sie in den Ballsaal. Die elfte Klasse hatte in jedem Jahr die Aufgabe, den Saal noch festlicher zu schmücken, und das war ihr gelungen. Kerzen brannten, die Tische waren dekoriert, Kristallgläser funkelten mit den Kronleuchtern um die Wette. Am meisten strahlten aber die Schülerinnen und Schüler, das fiel Hannah auch in ihrer Aufregung sofort auf. Alle sahen in den ungewohnten Kleidern und Anzügen richtig feierlich aus. Eigentlich alle wie Prinzessinnen und Prinzen. Die Tanzfläche war voll von Menschen. Viele Schüler tanzten mit ihren Eltern, Eltern tanzten zusammen. Jean-Paul Ricken, der Tanzlehrer, war mitten unter ihnen und führte Direktorin Malmedee über den Tanzboden. Lena winkte. Basti nickte Hannah zu. Nicole drehte sich weg. Jerome tanzte mit Stella. Aber wo war Gabriel?

Nach mehreren Drehungen hatten sich Max und Lena bis zur

Tür vorgearbeitet. „Gabriel ist auf seinem Zimmer", tuschelte Lena ihrer allerbesten Freundin aller Zeiten zu. „Er hat zu Max gesagt, wenn du nicht seine Ballpartnerin bist, macht es keinen Sinn zu kommen."

Hannah stand da wie angewurzelt. „Los jetzt, worauf wartest du noch!", sagte Lena.

Hannah versuchte zu rennen, was in ihrem langen Kleid mehr als schwierig war. Die ganze Anspannung der letzten Tage verflog mit jedem Schritt, den sie Gabriels Zimmer näher kam. Vor seiner Tür blieb sie stehen. Sie holte Luft, klopfte und trat sofort ein.

Gabriel saß in einem dunkelblauen Anzug am Schreibtisch und starrte aus dem Fenster. Draußen standen einige Paare im Schlossgarten und alberten herum. Ein paar von den Größeren knutschten.

„Hmm", brummte Gabriel nur. „Was willst du …?"
Hannah schluckte. „Ich …"

Mehr musste sie nicht sagen. Gabriel fuhr herum.

„Du bist es!", presste er hervor. „Ich dachte, es wäre Kevin, dieser Depp. Der nervt mich schon die ganze Zeit."

Er sah an Hannah hinunter. „Es ist wie im Traum … Du siehst wie eine Prinzessin aus."

Hannah wurde es warm. Nicht schwitzig warm, sondern sehr, sehr angenehm warm.

„Willst du nicht zum Ball?", erkundigte sie sich.

Gabriel winkte ab. „Ich wollte dir den Spaß an diesem Abend nicht auch noch verderben. Neulich, das war einfach ein Missverständnis. Nicole hat mich die ganze Zeit geärgert, ich wäre in die Kassiererin vom Crazy Cool verknallt. Ich hab gesagt, das wäre Quatsch. Da hat sie gemeint, ich sollte es beweisen, indem ich mit ihr Arm in Arm am Laden vorbeigehe. Und genau da kamt ihr zufällig aus der Tür."

Hannah schüttelte ungläubig den Kopf. „Dieses Miststück!", zischte sie. „Zufällig, ja, ja ..."

Sie fasste Gabriel an der Hand und zog ihn von seinem Stuhl. „Jetzt gehen wir tanzen, zufällig immer in Nicoles Nähe", sagte Hannah. Dann hatte sie eine bessere Idee. „Nein", verbesserte sie sich. „Wir werden so tanzen, dass wir ganz vergessen, dass es eine Nicole gibt."

Und das taten sie. Wie Aschenputtel und der Prinz.

Bis die Musiker weit nach Mitternacht ihre Instrumente zusammenpackten.

Seit diesem rauschenden Ball sind Hannah und Gabriel ein Paar. Natürlich war es für beide hart, dass am nächsten Tag die Sommerferien begannen und jeder mit seinen Eltern in einer anderen Ecke der Welt Urlaub machte. Aber sie haben die Zeit mit vielen SMS und Nachrichten überstanden und – unglaublich, aber wahr – sich wie verrückt auf die Schulzeit gefreut. Mittlerweile war Hannah schon einmal mit auf der Yacht von Gabriels Eltern. Gabriel hat heimlich einen Job auf einer Baustelle angenommen, wo er stundenlang Sand schippen muss. Das macht seine Muskeln nur noch härter, meint er. Und seine Freundin mit selbst verdientem Geld zum Eis einzuladen, ist das tollste Gefühl auf der Welt, findet er. Hannah wollte Gabriel auch eine Rolle im Musical verschaffen, aber singen ist leider nicht seine Stärke. Dafür unternehmen sie oft etwas mit Lena und Max – wenn die beiden gerade mal wieder zusammen sind. Das ist nämlich etwas schwierig bei den beiden. Fünfmal waren sie schon „für alle Zeiten und jetzt endgültig getrennt", wie Lena jedes Mal verkündete. Um drei Tage später doch wieder seine Liebesschwüre zu erhören.

Nicole hat sich ziemlich zurückgezogen. Stella geht mit Basti und Direktorin Malmedee hat seit dem Ball angeblich was mit Jean-Paul Ricken. Das können aber auch bloß die üblichen Gerüchte sein. Da beide nicht verheiratet sind, sollen sie doch machen, was sie wollen, findet Gabriel. Und das findet Hannah auch.

*Ende*

# Nie-Kohle Liebe

Der Nachmittag zog sich wie Kaugummi. Nicole hatte Hannah eindeutig den Spaß an der Arbeit genommen. Der Preis für ihren Job war verdammt hoch: Hannah durfte Gabriel bei der Tanzstunde nicht ansprechen, sonst war sie geliefert. Nicole war jede Fiesheit zuzutrauen. Auch Verpetzen bei Frau Malmedee. Beim Ordnen der T-Shirts schreckte Hannah einmal so zusammen, dass sie den ganzen Stapel zu Boden riss, nur weil eine Frau sie angesprochen hatte. Im ersten Moment hatte Hannah glatt gedacht, es wäre ihre Direktorin.

Dann aber riss sie sich zusammen. Sie brauchte das Geld, um überhaupt am Tanzkurs teilnehmen zu können. Also fragte sie Nadine ständig nach neuen Aufgaben und erledigte alles schnell, aber ordentlich. Nachdem Nadine um 19 Uhr die Ladentür abgeschlossen hatte, ging sie zu einem kleinen Kühlschrank hinter der Theke, holte zwei Limo-Flasche hervor und drückte eine davon Hannah in die Hand. Melone, ihre Lieblingssorte.

„Auf den Feierabend!", sagte Nadine und stieß mit Hannah an. „Du warst echt eine große Hilfe. Wie oft in der Woche kannst du kommen?"

Hannah spürte, wie gut ihr das Lob nach dem Auftritt von Nicole jetzt tat. Ein angenehmes Gefühl breitete sich in ihrem Körper aus wie das Prickeln der Limonade.

„Zwei Nachmittage fest", schlug sie vor. „Vielleicht auch noch einen weiteren, aber das kann ich nicht versprechen. Ich bin nämlich in der Musical-Klasse auf dem Schloss, da haben wir nachmittags oft zusätzliche Proben."

„Musical? Wow!", antwortete Nadine begeistert. „Das war auch immer ein Traum von mir. Und jetzt bin ich hier."

Hannah zuckte mit den Schultern. „Ist doch auch super", fand sie. „Das Crazy Cool ist der beste Laden in der ganzen Stadt."

Nadine nickte. „Aber so viel Applaus wie auf der Bühne bekomme ich hier nicht." Sie lächelte. „Ach, Sammy?", fragte sie.

Hannah vergaß beinahe zu antworten. An ihren neuen, falschen Namen hatte sie sich noch nicht gewöhnt. „Äh, ja, ist noch was?"

Sie setzte die Flasche an und trank hastig. Es kam ihr bescheuert vor, Nadine weiter anzulügen. Sie musste hier raus.

„Was bist du eigentlich für ein Sternzeichen?", wollte Nadine wissen.

Hannah wurde knallrot. Sie hatte alles Mögliche über Sammy auswendig gelernt, falls Olli sie danach fragen würde. Sogar den zweiten Vornamen Eleonora hatte sie sich gemerkt und das Geburtsdatum, den 11. Mai. Was man da allerdings für ein Sternzeichen war, wusste sie nicht.

„Ich, ähm, also, meine Eltern haben da nicht so viel Wert drauf gelegt und ich weiß gar nicht …" Weiter kam Hannah nicht. Nadine schüttelte den Kopf.

„Wie lange willst du mir denn noch was vorspielen, Hannah?", fragte sie ernst. „Du heißt doch Hannah, oder?"

Hannah wollte widersprechen. Aber sie konnte nicht. Sie biss sich auf die Lippe und nickte.

„Ich brauche einfach Geld. Für einen Tanzkurs", beichtete sie. „Und Dreizehnjährige nehmt ihr doch nicht."

Nadine nickte. „Stimmt, normalerweise nicht. Aber du hast mir heute bewiesen, dass du arbeiten kannst. Ich werde mit Olli sprechen. Du wirst ja bald vierzehn, da kann er sicher was drehen."

Hannah war so von den Socken, dass sie Nadine um den Hals fiel. „Danke!", hauchte sie und merkte, dass ihr Tränen in die Augen stiegen. „Du weißt gar nicht, was das für mich bedeutet." Dann erzählte sie noch die Sache mit Nicole und dass die sie mit dem falschen Ausweis erpressen wollte.

„Ich darf nicht mit Gabriel zum Tanzkurs, sonst geht sie zur Direktorin, und die fragt dann bei euch nach."

Nadine schüttelte empört den Kopf. „Na, Nie-Kohle soll sich mal melden. Dann kriegt sie aber von mir was zu hören!"

Sie blickte Hannah an, als würde sie durch ein Schneegestöber zum ersten Mal ihr Gesicht sehen. „Du brauchst das Geld für einen Tanzkurs?", hakte sie nach.

Hannah nickte. „Ich weiß, das ist ziemlich altmodisch. Und so richtig will ich da auch gar nicht hin", verriet sie. „Aber wir

haben auf Schloss Heidesand so einen traditionellen Abschlussball am Ende des Schuljahres und da muss man tanzen können."

Nadine stellte ihre Flasche neben die Kasse. „Also, wie gesagt wollte ich ja auch mal Musical-Schauspielerin werden", sagte sie. „Für die großen Rollen hat mein Talent nicht gereicht, aber in den Standardtänzen war ich super. Ich könnte dir kostenlos Unterricht geben. Dir und deinem Schwarm."

Hannah schüttelte ungläubig den Kopf. „Kostenlos? Das würdest du wirklich machen?"

Nadine warf sich neben der Tür auf das rote Plüschsofa, das in der ganzen Stadt bekannt war.

„Weißt du was?", rief sie mit einem breiten Lächeln. „Das würde mir irre Spaß machen. Und Olli hat bestimmt nichts dagegen, wenn wir hier üben. Na, was sagst du?"

Hannah sagte nichts. Sie war sprachlos.

„Wahnsinn!", brachte sie dann hervor. Die Gedanken rasten durch ihren Kopf. Wenn sie sich den Kurs bei Herrn Ricken sparte, hatte sie Geld für ein Kleid. Zum Ball konnte sie ja kaum in zerrissenen Jeans gehen, wie sie wusste, seit sie sich Lenas Katalog angesehen hatte.

„Ich muss mir das in Ruhe überlegen", sagte Hannah. „Aber auf jeden Fall schon einmal vielen Dank für das Angebot!"

Vergnügt schlenderte sie zum Schloss zurück. Auf dem Zimmer zog sie ihre Trainingsklamotten an und ging zum Tanzraum. Madame Clodell wollte gerade abschließen.

„Hallo!", grüßte Hannah fröhlich. „Ich wollte noch ein paar Figuren üben. Geht das?"

„Fleißisch, fleißisch", lobte die Lehrerin mit ihrem niedlichen französischen Akzent. „Aber übertreibe es nischt!"

Hannah schüttelte den Kopf. „Keine Sorge. Ich übe nicht, weil ich unzufrieden bin", erklärte sie. „Sondern weil ich so gute Laune habe. Bei einem Musical auf der Bühne zu stehen war einfach immer mein Traum." Hannah dachte an Nadine, die diesen Traum nicht gelebt hatte. „Ich bin so dankbar, dass ich hier sein darf! Außerdem kriege ich beim Tanzen den Kopf frei, und ich muss eine wichtige Entscheidung treffen."

Madame Clodell strich ihr über das Haar. „Dann viel Spaß! Ich wünsche dir, dass du die rischtige Lösung findest."

Als die Tür hinter ihr geschlossen wurde, kletterte Hannah auf die Bühne. Ihr ging es unbeschreiblich gut. Nadine hatte ihr eine unglaubliche Last von den Schultern genommen. Nun fühlte Hannah sich leicht wie eine Feder. Sie sang, tanzte und sprang wie im Rausch.

Alle Möglichkeiten standen ihr offen. Sie konnte Gabriel ansprechen oder es sein lassen. Sie konnte zum Tanzkurs gehen oder nicht. Die Entscheidung lag ganz allein bei ihr. Sie fühlte sich frei. Was also sollte sie tun?

Hannah möchte nicht auf den Spaß verzichten, den alle anderen beim Tanzkurs haben werden – auch wenn das viel Geld kostet. Wenn sie Gabriel fragen soll, ob er ihr Tanzpartner sein möchte, lies weiter auf Seite 130.

Hannah denkt an die teuren Kleider in Lenas Katalog. Wenn sie so einen Traum aus Stoff möchte, muss sie viel Geld sparen. Wenn Hannah Gabriel fragen soll, ob er mit ihr im Crazy Cool statt im Tanzkurs übt, lies weiter auf Seite 117.

# Cindy, o Cindy

Hannah saß auf ihrem Bett. Lena drückte sich eng an sie. Nicht weil sie jemanden zum Kuscheln brauchte. Sondern weil sie mitlesen wollte, was ihre Freundin an Johannes schrieb.

Hi Johannes. Könntest du dir vorstellen, mit mir …

„Hach, das ist Mist", fluchte Hannah und löschte alles wieder. „Nächster Versuch."

Das Internat, auf das ich gehe, ist sehr traditionell und …

„Auch Schwachsinn! So glaubt er glatt, ich will ihn als Schüler anwerben." Hannah begann von Neuem, dann überlegte sie es sich anders. Sie rief an.

„Hallo, Johannes, ich bin es, Hannah!", rief sie aufgedreht ins Handy. Lena drückte auf Mithören. „Das Mädchen, das …"

„Denkst du, ich hätte dich vergessen, Hannah?", hörten sie Johannes antworten.

Lena hob anerkennend den Daumen. Sie kannte Johannes von der Powerweide, hatte sich aber noch nie mit ihm unterhalten.

„Ich würde dich gerne einladen", redete Hannah weiter. „Ich hätte dich für den Tanzkurs bei uns im Schloss gern als Partner. Heute um vier ist die nächste Stunde."

Stille. Johannes sagte nichts.

Lena sah ihre Freundin ratlos an. Hatte Hannah alles verbockt?

„Cool!", antwortete Johannes nach einer Ewigkeit. „Bin dabei!"

Noch Sekunden, nachdem Johannes aufgelegt hatte, starrte Hannah auf das Handy in ihrer Hand.

„Er hat tatsächlich Ja gesagt …", stammelte sie verwirrt.

Und er kam wirklich. Um Punkt 15 Uhr 55 näherte sich ein hübscher Junge dem Schloss. Er hatte eine knallrote Hose an und ein eng anliegendes Hemd mit Dreiecksmuster darauf. Zwei Sechsklässlerinnen drehten sich nach ihm um.

Am Tor des Internats erwarteten ihn Hannah und Lena. „Hi!", begrüßte Hannah ihn unsicher. Sollte sie ihm auf die Wange küssen? Soooo gut kannten sie sich nun auch noch nicht.

„Das ist Lena, die allerbeste Freundin aller Zeiten", stellte Hannah vor.

Lena grinste. „Du kommst freiwillig zum Tanzen?", fragte sie keck.

Johannes nickte. „Auch wenn du mir das vielleicht nicht zutraust, aber ich kann tanzen", erklärte er. „Also nicht nur in der Disco, sondern auch Walzer und diese Sachen. Ich habe letztes Jahr schon einen Tanzkurs gemacht. Mit meiner Freundin ..."

Hannah durchzuckte ein Blitz. Ihr Tanzpartner hatte eine Freundin?

Johannes spürte ihren Blick. „Also, damals war sie meine Freundin", verbesserte er sich schnell. „Jetzt ist sie nur noch jemand, den ich mal gekannt habe."

Hannah fiel ein Stein vom Herzen. So richtig gefiel ihr der Gedanke zwar nicht, dass Johannes schon mal mit einem anderen Mädchen gegangen war, aber er sah eben auch nicht aus wie gegen die Wand gerannt.

„Ein Profi also ...", sagte Lena zweideutig und zwinkerte Hannah zu.

„Wie hieß denn deine Freundin?", erkundigte Hannah sich beiläufig.

„Du meinst, meine Ex?", murmelte Johannes abweisend. „Cindy. Aber das ist echt vorbei."

Hannah wollte noch mehr fragen, doch in diesem Augenblick bog Gabriel mit seinen Kumpeln um die Ecke. Er sah umwerfend aus, wie immer. Hannah fasste Johannes an der Hand und zog ihn in den Schlosssaal.

Mit großen Augen blickte Johannes sich um. Schwere Gardinen, alte Möbel, der weiße Flügel – so was gab es in seiner Schule nicht.

„Wow!", murmelte er beeindruckt. „Deine Eltern müssen echt Geld haben, wenn sie sich das Internat leisten können!"

Hannah schüttelte den Kopf. „Ganz im Gegenteil, denen macht schon eine kaputte Waschmaschine zu schaffen. Ich habe ein Stipendium bekommen." Sie beugte sich zu Johannes' Ohr. „Ich bin nur ein armes Mädchen", flüsterte sie.

„Wenn du eine gute Partie suchst, musst du dich an Lena halten. Die ist nicht nur hübsch, klug und die allerbeste Freundin aller Zeiten, sondern auch Tochter von stinkreichen Leuten."

Johannes nickte anerkennend. Hannah lächelte, doch irgendwie fühlte sie sich, als hätte sie Lena verraten. Dabei hatte sie doch nichts Schlimmes gesagt, oder?

Gabriel und seine Freunde musterten Johannes geringschätzig. Auch Nicole schien nicht erfreut, ihn zu sehen. Das stank ihr offensichtlich. Sie hatte noch nie einen Jungen von außerhalb ins Schloss locken können. Lena hielt sich an Jerome, sobald er auftauchte. Sie stand voll auf ihn, hatte sie Hannah gestanden, und wollte mit ihm zum Ball. Die beiden tuschelten miteinander, während Jerome Johannes musterte.

„Toll, dass du so locker bleibst", flüsterte Hannah Johannes zu. „Die sind alle gar nicht so doof, wie du jetzt vielleicht denkst. Das ist einfach nur Unsicherheit, glaube ich."

Johannes schwieg.

Dann erschien der Tanzlehrer. Jean-Paul Ricken, der in Wirklichkeit mit Vornamen Rüdiger hieß, wie Franzi herausgefunden hatte. Er trug einen grauen Anzug, weißes Hemd, rote Krawatte und Einstecktuch. Die Schüler stellten ihre Gespräche ein.

Um Johannes Mut zu machen, nahm Hannah seine Hand und drückte sie aufmunternd.

„Ah, ein neues Paar", begrüßte Jean-Paul Ricken die beiden.

Alle lachten.

„Knutschen!", rief Basti.

„Idioten!", antwortete Hannah wütend und wurde knallrot.

Der Tanzlehrer verzog hingegen keine Miene. „Ich habe *Tanzpaar* gemeint", sagte er ruhig. „Alles Weitere interessiert mich nicht."

Er ging zur Musikanlage. „Wir haben in unserer ersten Stunde bereits die Grundschritte des Walzers erlernt", dozierte er. „Heute werden wir sie vertiefen, bis ihr nicht mehr darüber nachdenken müsst, was als Nächstes zu passieren hat. Der Walzer soll euch ins Blut übergehen. Und deshalb heißt unser heutiger Walzer auch *Wiener Blut.*"

Ricken sah in die Runde. „Meine Herren, bitte!"

Mit gespielter Coolness schlurften die Jungen auf die Mädchen zu. Als Jean-Paul Ricken jedoch von der Musikanlage aufsah, nahmen alle Haltung an. „Darf ich bitten?", fragten sie die Mädchen höflich.

Auch Johannes bat Hannah mit diesen Worten zum Tanz. „Unbedingt!", antwortete sie. Trotzdem blickte sie aus dem Augenwinkel zu Gabriel herüber. Er führte Franzi zur Tanzfläche, die einen knallroten Kopf bekam. Ein bisschen neidisch war Hannah auf ihre zweitbeste Freundin. Obwohl Johannes ihr richtig gut gefiel, so ganz abgehakt war Gabriel trotzdem noch nicht für sie.

Johannes nahm sie in den Arm und zog sie an sich. Hannah merkte sofort, dass er schon öfter getanzt hatte. Für ihn war die ungewohnte Nähe nicht halb so peinlich wie für sie. Hannah hätte ihn am liebsten gleichzeitig von sich weggeschoben und noch näher herangezogen. Da spürte sie, dass etwas in seiner Hemdtasche vibrierte.

Johannes grinste schief. „Sorry, mein Handy", entschuldigte er sich. „Hab vergessen, es auszumachen."

Obwohl die Musik begann und die anderen fünfzehn Paare sich bereits bewegten, zog er das Smartphone aus der Tasche. Er sah aufs Display und tippte wild darauf herum.

„So viele Tasten musst du zum Ausschalten drücken?", wunderte Hannah sich.

Johannes steckte das Handy wieder ein. „Nein, das war wichtig, da musste ich schnell antworten", sagte er. „Komm, wir wollen doch tanzen."

Er legte seine Hand an Hannahs Schulterblatt und führte sie über die Tanzfläche. Hannah versuchte, sich an die Schritte zu erinnern, die sie geübt hatte. Doch sie konnte sich einfach nicht konzentrieren. Immer wenn sie Johannes' Handy fast vergessen hatte, vibrierte es wieder. Johannes versuchte es zu ignorieren, kam jedoch auch ein paar Mal aus dem Rhythmus.

„Man merkt, dass ihr die erste Stunde verpasst habt", nörgelte Jean-Paul Ricken, als hätten Johannes und Hannah ihn persönlich beleidigt. Rundherum grinsten alle.

Hannah wurde rot.

Johannes nutzte die Pause zwischen zwei Tänzen, um auf sein Handy zu schauen. Unauffällig, wie er wohl dachte, tippte er rasch eine kurze Nachricht.

Als es in seiner Hemdtasche abermals zuckte, griff Hannah zu. CINDY stand in fetten Buchstaben auf dem Display.

Johannes riss ihr ärgerlich das Telefon aus der Hand.

„Mach das nie wieder!", zischte er wütend. „Cindy und

ich … Sie akzeptiert es einfach nicht, dass ich Schluss gemacht habe. Außerdem sind wir immer noch gute Freunde!"
Er wollte Hannah an sich ziehen, aber sie stieß ihn weg.
„Das hört sich ja toll an!", höhnte sie. „Und wann wolltest du mir das sagen? Wenn du mit ihr auf meinem Ball auftauchst?"
Was zu viel ist, ist zu viel! Hannah hatte nicht das Gefühl, dass die Sache zwischen Johannes und Cindy wirklich vorbei war. Zwei Reaktionen schossen ihr durch den Kopf.
Zu was würdest du ihr raten?

Manchmal ist es am besten, die Dinge einfach selbst in die Hand zu nehmen. Johannes war ja offensichtlich ein Schuss in den Ofen. Wenn Hannah Gabriel fragen soll, ob er mit ihr zum Abschlussball geht, dann lies weiter auf Seite 130.

Hannah ist kurz vorm Platzen. Sie läuft aus dem Saal, um besser nachdenken zu können. Wenn du das gerechtfertigt findest, lies weiter auf Seite 83.

# Gabriel-Tag

Als am nächsten Morgen der Wecker ihres Handys klingelte, sprang Hannah nur so aus dem Bett. Die neusten Hits aus den Charts summend, probierte sie nacheinander drei verschiedene Outfits an. Bis ihr das Mädchen im Spiegel hundertprozentig gefiel. Es trug einen schwarzen Minirock und einen dünnen Sommerpulli mit weitem Kragen und Minni-Maus-Aufdrucken.

„Super siehst du aus!", lobte Hannah sich selbst.

Lena schaute unter ihrem Kissen hervor.

„Wie kann man so früh schon so gute Laune haben!", meckerte sie. „Das ist ja fürchterlich!"

Hannah lachte. Anstatt zurückzumotzen, drückte sie Lena einen dicken Guten-Morgen-Kuss auf die Wange. „Schwing dich aus dem Bett, Süße!", drängelte sie. "Heute ist Gabriel-Tag!"

Lena rollte mit den Augen und presste sich das Kissen auf die Ohren. "Fang jetzt bitte nicht auch noch an, verliebt zu sülzen. Das hält ja kein vernünftiger Mensch aus!"

Hannah lachte. "Gut, dass du kein vernünftiger Mensch bist!", antwortete sie. "Sonst wärst du nämlich eine schlimme Langweilerin und nicht meine allerbeste Freundin aller Zeiten."

Lena seufzte und setzte die Füße auf den Boden. "Es ist schon merkwürdig", brummelte sie. "Egal, mit welchem Fuß ich zuerst aufstehe, es ist immer der falsche …"

Hannah riss die Vorhänge auf, was Lena zu weiterem Protestknurren veranlasste. "Ekelhaft, deine gute Laune", wiederholte sie, dann musste sie selbst lachen.

"Komm schon", sagte Hannah munter. "Ich brauche dich als Beistand, wenn ich ihn frage."

Lena nickte. Schwankend, wie ein Matrose bei seinem ersten Landgang nach zwei Jahren, ging sie zu ihrem Schrank und öffnete ihn. Er war so gut wie leer. Lena seufzte tief und bückte sich, um einige der Sachen aufzuheben, die verstreut im Zimmer herumlagen.

„Ich müsste dringend mal wieder aufräumen", grummelte sie. „Oder besser noch: Ich müsste dringend mal wieder shoppen. Mein Schrank gibt nichts mehr her …"

Lena zwinkerte Hannah zu. Hannah lachte. Lena lachte zurück. Jetzt war es ihrer Freundin doch tatsächlich gelungen, ihre Morgenmuffeligkeit zu vertreiben.

Fünf Minuten später standen die beiden gekämmt und geschminkt im Speisesaal. Der Raum war noch beinahe leer. Stella grüßte von Weitem. Hannah nickte ihr zu. Doch ihre Augen suchten Gabriel. Sie bewaffnete sich mit einem Tablett und wartete. Endlich kam er durch die Flügeltür herein, seine beiden Kumpel im Schlepptau.

„Mist!", fluchte Hannah. „Die muss ich loswerden, sonst traue ich mich nicht."

Lena nahm sich auch ein Tablett. „Das ist ein Auftrag für Superlena", sagte sie, und schon hatte sie sich zwischen die drei Jungen gedrängelt. Gabriel ging weiter, seine Freunde wurden von Lena aufgehalten.

„Frau Böll hat mich gebeten, noch ein paar Stühle aus dem Lager zu holen", log sie schamlos. „Ihr seid doch stark genug für den Job, oder?"

Sie blinzelte die beiden so herausfordernd an, dass sie nicht Nein sagen konnten. Gabriel war allein. Allein mit Hannah.

„Hi", begrüßte Hannah ihn. Ihr Hals war auf einmal trocken wie die Sahara. Die Worte, die sie sich die halbe Nacht über zurechtgelegt hatte, drehten sich in ihrem Kopf. Gabriel sah einfach unverschämt gut aus.

„Ich … ich muss dich etwas … also, ich wollte was fragen", stammelte sie nervös.

„Was denn, Sammy?"

Gabriel grinste breit. Hannah musste schlucken. Und dann schmiegte sich wie aus dem Nichts jemand von hinten an ihn. Nicole! Er und diese Zicke standen sich also offensichtlich doch näher, als Hannah gehofft hatte. Damit war er für Hannah ein für alle Mal gestorben.

„Nichts, du Idiot", antwortete Hannah. „Ich will dich weder heute noch jemals wieder was fragen. Wie konnte ich nur so blind sein!"

Gabriel versuchte, überlegen zu grinsen. Doch es gelang ihm nicht. Er schob Nicoles Hand von seiner Schulter. Seine Coolness war verschwunden. Hannah ließ nicht mehr mit sich spielen, das passte ihm scheinbar nicht.

Hannah drehte sich um, knallte sich ein Brötchen, Tee und Marmelade aufs Tablett und marschierte zum hintersten

Tisch. Sie hätte heulen können. Nicole und Gabriel! Wie war das möglich? Wütend rammte sie ihr Messer ins Brötchen und schlitzte es der Länge nach auf.
Dabei dachte sie an jemand ganz Bestimmtes …
„Ist bei dir noch frei?"
Hannah sah auf. Es war Basti aus ihrer Klasse. Er lächelte unsicher. Seine Wangen waren rot.
„Ja", murmelte Hannah.
Aber Basti setzte sich nicht. „Also … ich kriege keinen Bissen runter, bis ich dich nicht endlich gefragt habe."
Überrascht blickte Hannah zu ihm auf. Basti stellte das Tablett ab. „Du hast es wahrscheinlich schon gemerkt … glaube ich wenigstens", redete er weiter. „Oder hoffe ich. Aber vielleicht auch nicht, denn ich hab's ja nie gesagt. Nur ein Gedicht habe ich mal für dich geschrieben, aber dann doch zerrissen …"
Basti schluckte, als hinge ein übergroßer Kaugummi in seinem Hals fest. „Ich, also ich … ich finde dich ziemlich toll. Und ich wollte dich fragen, ob du mit mir zum Ball gehen willst?"
Hannah öffnete den Mund. Und schloss ihn gleich wieder.
Basti stand wie angewurzelt da. Schließlich nahm er hastig sein Tablett vom Tisch. „Ich hab's vermasselt, Entschuldigung", nuschelte er. „Vergiss alles, was ich eben gesagt habe."

Er drehte sich um und wollte gehen.

„Halt!", rief Hannah ihm hinterher. „Warte doch, ich habe ja noch gar nichts gesagt."

Basti drehte sich um. „Du bist geschockt, stimmt's?"

Hannah schüttelte den Kopf. „Quatsch. Das kam nur so unerwartet", gestand sie. „Aber es war sehr romantisch."

Basti grinste verlegen. „Na ja, bei einem Candle-Light-Dinner wäre es sicher passender gewesen."

„Ich bin ganz ehrlich", sagte Hannah. „Ob ich mit dir zum Abschlussball gehen möchte, weiß ich noch nicht. Aber wenn du willst, können wir zusammen üben."

Basti strahlte. „Beim Tanzkurs?"

Hannah winkte ab. „Viel besser", erklärte sie. „Bei einer Privatlehrerin. Es kostet nichts. Und wir tanzen im Crazy Cool!"

Basti war begeistert. „Wow!", sagte er. „Klingt verdammt gut!"

Den Rest des Tages spürte Hannah Bastis Blicke im Rücken. In Mathe, Englisch und Bio. Als sich nach dem Mittagessen alle anderen zum Kurs bei dem Wundertänzer Jean-Paul Ricken aufmachten, ging Hannah ins Crazy Cool. Zum Arbeiten. Sie hatte Nadine eine SMS geschrieben.

```
Kann heute arbeiten, wenn du willst. Und um 19 Uhr
kommt mein Tanzpartner.
```

Nadine hatte umgehend geantwortet:

Sehr gut und sehr gut! Komm, das wird ein toller Abend!

Als Hannah im Geschäft ankam, stand Nadine gerade an der Kasse und reichte einem Mädchen eine Papiertüte. Der Laden war gerammelt voll. Sie zwinkerte Hannah erfreut zu. Dann umarmten sie sich wie alte Freundinnen.
„Schön, dass du Zeit hast", freute sich Nadine. „Siehst ja, was hier los ist. Du kannst die neue Ware einräumen. Preise habe ich schon drangemacht, aber zu mehr bin ich noch nicht gekommen."
Hannah nickte und machte sich gleich über den ersten Karton her. Kaum hatte sie alles in die Regale gestapelt, rissen es die Kundinnen schon wieder heraus. Einen Teil nahmen sie mit in die Umkleidekabine, manches warfen sie aber auch auf das Sofa.
Hannah hätte die Mädchen für so viel Unverschämtheit am liebsten angemeckert, doch sie blieb höflich und legte alles wieder ordentlich zusammen. So war es nun einmal in einem Klamottengeschäft. Sie selbst hatte sich bisher auch nicht anders benommen.
Hannah stapelte, ordnete, räumte auf und brachte zwei Kleider zur Kasse, in denen sie Löcher entdeckt hatte. Nadine lobte sie wieder für ihre gute Arbeit. Hannah fühlte sich groß-

artig. Viel zu schnell tickten die Zeiger der Uhr dem Feierabend entgegen.

Um kurz vor sieben entdeckte sie Basti vor dem Laden. Er hatte eine eng geschnittene ozeanblaue Stoffhose an und ein kurzärmeliges Hemd. Seine Haare waren mit Gel zur Seite gekämmt. Eigentlich war er ziemlich hübsch. Merkwürdig, dass ihr das bisher nicht aufgefallen war.

Hannah winkte ihn herein. Verlegen trat Basti durch die Tür und grüßte Nadine.

„Das ist Bastian", stellte Hannah vor. „Und das ist meine Chefin und unsere Tanzlehrerin."

Basti gab Nadine höflich die Hand. „Hi", sagte er leise. „Ich bin echt gespannt."

Nadine lachte. „Ich auch." Sie kassierte noch zwei Mädchen ab und scheuchte alle anderen fröhlich aus dem Laden.

„Habt ihr kein Zuhause?", rief sie laut. „Ab mit euch, kommt morgen wieder. Und vergesst nicht, jede Menge Geld mitzubringen!"

Alle lachten. Nadine traf immer den richtigen Ton. Genau wie Olli, der Inhaber. Deshalb war das Crazy Cool auch so beliebt.

**JUNG**

**FLIPPIG**

**COOL**

„Okay, das war die Arbeit", sagte Nadine und schob die Kleider an die Seite. Nun war mitten im Laden eine Fläche von etwa drei mal drei Metern frei. „Jetzt kommt das Vergnügen. Wir beginnen mit Walzer."

Sie nahm Basti am Arm und schob ihn bestimmt auf Hannah zu. „Tanzen ist eine sehr leidenschaftliche Sache", erklärte Nadine. „Da kannst du nicht zu deinem Mädchen sagen: *Ey du, komm.* Für den Mann ist es eine Ehre, wenn eine Frau mit ihm tanzt. Deshalb sagt er auch: *Darf ich bitten?"*

\*SCHLEIMSCHLEIM\*

**DARF** ich **BITTEN?**

Basti wurde rot. „Also jetzt?"
Nadine nickte.
Basti räusperte sich. „Hallo, Hannah. Darf ich bitten?"
Hannah sah Nadine Hilfe suchend an.
Nadine lächelte. „Gern", sagte sie vor.
„Aber gern!", sprach Hannah ihr nach. Sie kam sich ziemlich doof dabei vor.

Nadine trat hinter Basti. Sie nahm seinen rechten Arm und bog ihn um Hannahs Rücken, bis seine Hand zwischen ihren Schulterblättern lag. Hannahs Hand platzierte sie auf Bastis Schulter.

„Das ist die Grundhaltung beim Walzer", erklärte Nadine. „Er ist einer der majestätischsten Tänze der Welt."

„O Gott!", stöhnte Basti. „Ich glaube, dann bin ich der Falsche!"

Nadine lachte wieder. „Das Gefühl habe ich überhaupt nicht. Stellt euch nun ein Quadrat auf dem Boden vor. Ihr lauft im Grundschritt einfach die Ecken ab. Im Dreivierteltakt. Auf eins: Der Herr geht mit dem rechten Fuß nach vorne. Zwei, jetzt mit dem linken hinterher. Drei, der linke Fuß wird an den rechten herangezogen. Kurze Pause. Dann wieder von vorne."

Ungeschickt wie ein Bär tapste Basti vorwärts. Hannah versuchte alle Schritte seitenverkehrt zu machen. Trotzdem stand Basti ihr dauernd auf den Zehen. Hannah prustete jedes Mal los.

„Habt ihr Schuhe mit Stahlkappe hier?", fragte sie nach dem fünften Takt.

Nadine grinste. „Das klappt doch schon ganz gut. Jetzt mit Musik."

Sie steckte ihren MP3-Player in die Station. Statt der coolen Beats, die sonst immer durch den Laden schallten, erklangen sanfte Streicher. Hannah fühlte sich sofort wie auf einem Ball. Irgendwie majestätisch, wie Nadine gesagt hatte.

Mit Musik klappte es bei jedem Takt besser. Als Lena um acht Uhr durch das Schaufenster hereinlugte, staunte sie nicht schlecht. Hannah und Basti schwebten durchs Crazy Cool, als hätten sie nie in ihrem Leben etwas anderes getan. Nadine ließ Lena hereinkommen. Sie durfte nun zeigen, was sie bei Maestro Ricken gelernt hatte. Basti führte auch sie sicher im Walzertakt durch den Laden. Aber er zog sie nicht ganz so dicht an sich, wie Hannah erfreut feststellte.

Um halb neun verließen die vier das Crazy Cool.

„Nächste Stunde in zwei Tagen", verkündete Nadine. Dann radelte sie durch die Innenstadt davon.

Basti, Lena und Hannah schlugen den Weg zum Schloss ein. Sie waren total aufgedreht. Basti hatte alle Schüchternheit verloren und machte einen Scherz nach dem anderen. Lena und Hannah kamen aus dem Lachen nicht mehr heraus.

Beim nächsten Treffen war es für Hannah noch einfacher, die Nähe von Basti zuzulassen. Sie hatte sich aber auch mit Deo nur so eingenebelt und Mundspray benutzt. Mit jedem Probenabend fühlte Hannah sich in den Armen von Basti wohler.

Er war ein verdammt guter Tänzer geworden. Aber war da mehr?

Dann kam der Tag, an dem sich Hannah entscheiden musste. Eine Woche vor dem Ball stand plötzlich Gabriel vor dem Crazy Cool. Er hatte ihnen offensichtlich schon eine Weile beim Tanzen zugesehen.

„Hi, Hannah", grüßte er knapp, als sie den Laden verließen. Hannah spürte seinen Blick im ganzen Körper. Ihr wurde heiß. Irrte sie sich oder war Gabriel eifersüchtig auf Basti?

„Hi", antwortete Hannah knapp. Basti blieb an ihrer Seite. Niemand sagte einen Ton. Da zeigte Basti wahre Größe: Er ging.

„Ich glaube, ihr habt etwas zu besprechen", verabschiedete er sich. „Dabei will ich nicht stören."

Dann war er weg.

„Kommst du mit zur Powerweide?", hauchte Gabriel mehr, als er sagte.

Hannahs Knie wurden weich. Ohne nachzudenken, nickte sie. Wie selbstverständlich legte Gabriel seinen Arm um ihre Schultern. „Hier übst du also für den Ball", fing er an.

Hannah nickte. „Ja, hier übe ich. Es ist kostenlos und bestimmt zehnmal so witzig wie der Kurs im Schloss."

„Bestimmt", bestätigte Gabriel. „Aber ich glaube, mit dir würde mir der Kurs richtig gut gefallen."

Als sie den See erreichten, schlug die Kirchturmglocke neun Mal. Trotz der Uhrzeit war es noch immer sehr warm, aber nicht schwül. Das perfekte Wetter. Die meisten Menschen, die ihnen begegneten, hatten Grillkohle unterm Arm oder Getränkekisten. Es würde eine lange Nacht am See werden. Einige Pärchen lagen schon eng umschlungen auf der Wiese. Gabriel blieb stehen und drehte sich zu Hannah.

„Ich habe mich blöd benommen, das tut mir leid", entschuldigte er sich. „Ich dachte, ich müsste cool sein, damit du mich toll findest."

Er blickte Hannah tief in die Augen. „Gehst du mit mir zum Ball?"

Hannah ist hin- und hergerissen. Ihr großer Schwarm lädt sie zum Ball ein! Wenn du findest, dass Hannah zusagen sollte – schließlich hat Gabriel sich ja entschuldigt! –, lies weiter auf Seite 149.

Basti hat wochenlang mit Hannah geübt. Wenn du der Meinung bist, dass Hannah deshalb mit ihm zum Ball gehen sollte – auch wenn sie nicht in Basti verknallt ist –, lies weiter auf Seite 140.

# Cola oder Limo?

Wenn Hannah an den Ball dachte, dann sah sie sich nur in den Armen von Gabriel.

Also hatte sie sich entschieden, die Sache selbst in die Hand zu nehmen. Wenn der Prophet nicht zum Berg kam, musste eben der Berg zum Propheten – so lautete doch das alte Sprichwort. Oder war es umgekehrt?

Jedenfalls fühlte sich Hannah seit diesem Entschluss schwerfällig wie ein Felsen. Gabriel im Tanzkurs anzusprechen, mit all ihren Freunden und Feinden drum herum, kam überhaupt nicht infrage. Doch auch sonst war es nicht einfacher. Mehrmals begegnete ihr Gabriel auf den Fluren des Internats. Aber nie war er allein. Und selbst dann: Hannahs Knie schlotterten schon bei dem Gedanken daran, Gabriel auch nur nahe zu kommen.

„Es wird nichts", seufzte Hannah, als sie mit Lena auf ihrem

Bett herumlümmelte. Lena spielte ihr gerade die neusten Hits auf dem Handy vor. Normalerweise war das eine ihrer Lieblingsbeschäftigungen. Doch heute hörte Hannah nicht mal richtig hin.

„Dann musst du eben warten, bis dein Prinz auf einem weißen Pferd angeritten kommt", kommentierte Lena schmunzelnd und blätterte zum zehntausendsten Mal den Katalog mit den Ballkleidern durch.

„Tssä!" Hannah stieß die Luft aus. „Und wie soll der blöde Gaul die Treppe zu unserem Zimmer raufkommen? Wir sollten ins Erdgeschoss ziehen!"

Sie stand auf und tigerte im Kreis herum. Sie ging ins Bad, schminkte sich, schminkte sich wieder ab. Wollte sie überhaupt an diesem Tanzkurs teilnehmen? Geld für die Stunden hatte sie dank ihres Jobs ja nun ein bisschen. Aber das konnte man auch gut für ganz andere Dinge ausgeben.

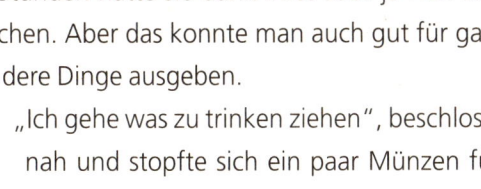

„Ich gehe was zu trinken ziehen", beschloss Hannah und stopfte sich ein paar Münzen für den Automaten in die Hosentasche. „Willst du auch was?"

Lena schaffte es, „Cola" zu zischen, ohne ihr Summen zu unterbrechen.

Als Hannah den Gemeinschaftsraum betrat, traf

sie beinahe der Schlag. Gabriel stand dort. Allein, mit einer Cola in der Hand. So, als hätte er auf sie gewartet.

„Hi …", piepste Hannah. Mehr kam ihr nicht über die Lippen. Ihr Herz raste zu sehr. Wieso sah dieser Typ in allen Lebenslagen nur so unglaublich gut aus?

„Hi, Hannah", sagte Gabriel fröhlich. „Möchtest du auch was trinken? Ich lade dich ein."

Ohne ihre Antwort abzuwarten, warf er Geld in den Automaten. „Cola oder Zitronenlimo?"

„Sch… Schorle", stotterte Hannah. Sie hätte sich selbst gegen das Schienbein treten können, so doof fand sie sich in diesem Augenblick.

Es machte Klack! Die Flasche rumpelte durch die Schächte des Automaten und landete unten vor der Klappe. Gabriel bückte sich und hielt Hannah die Flasche hin.

„Bitte."

„Okay. Danke. Prost", stammelte Hannah und führte die Flasche zum Mund. Doch es kam keine Flüssigkeit raus.

„Ähm … Trinken geht einfacher, wenn du die Flasche öffnest."

Hannah wurde knallrot. „Danke für den Tipp. O Mann, jetzt reicht's aber", schimpfte sie mit sich selbst. „Wollen wir uns ein bisschen hinsetzen?"

Sie zeigte auf das Sofa in der Ecke und fand sich ultramutig dabei.

„Gute Idee", sagte Gabriel. In seinem typischen coolen Gang schlurfte er vor Hannah her. Der Gemeinschaftsraum war nicht besonders voll. Zwei Zehntklässler spielten Billard, drei Kleine ein Kartenspiel am Tisch. Keiner schien sich für sie und Gabriel zu interessieren. Ein wenig wich der Druck aus ihrem Körper.

„Bezahlen deine Eltern den Tanzkurs?", fragte Hannah. Irgendwie musste sie ja mit dem Thema anfangen.

Gabriel blickte sie erstaunt an. „Klar? Deine nicht?"

Da war es wieder. Es gab nicht viele Momente hier auf dem Schloss, aber ein paar eben doch: Hannah fühlte sich, als würde sie nicht dazugehören. Schloss Heidesand war ein Internat für die Kinder sehr reicher Eltern. Hannah mit ihrem Stipendium war die absolute Ausnahme. Aber sie hatte beschlossen, sich nicht für ihre Eltern zu schämen. Wieso auch?

„Ich verdiene mir den Kurs selbst", sagte sie einfach. „Mit einem Job."

Gabriels Augen blitzten auf. „Cool!", platzte er heraus. „Eigenes Geld, das ist auch mein Traum. Aber meine Alten verbieten mir, zu arbeiten."

Sofort wollte Gabriel mehr wissen. Also erzählte Hannah von ihrem Job. Gabriel fragte nach, hörte zu, machte Kommentare und lachte. Hannah plapperte wie ein Wasserfall. Es war plötzlich, als würde sie mit Lena hier sitzen, Blödsinn erzählen und herumalbern. Gabriel war überhaupt nicht schnöselig, wie sie aus der Ferne so oft befürchtet hatte. Ja, er war reich.

Doch das ließ er nicht raushängen. Genau wie Lena. Verdammt, Lena! Die hatte sie ja völlig vergessen. Die allerbeste Freundin aller Zeiten wartete schon seit über einer Stunde auf ihre Cola.

Hannah sprang auf. „Ich muss los", rief sie. „Lena ist wahrscheinlich längst verdurstet!"

Gabriel stand auch auf. „Das ist immerhin ein guter Grund, zu gehen", sagte er und blickte Hannah tief in die Augen. „Wann sehen wir uns wieder?"

Hannahs Knie begannen wieder zu schlottern. Mehr als mit den Schultern zucken war nicht möglich.

„Du gehst doch übermorgen zum Tanzkurs, oder?", hakte Gabriel nach.

Hannah nickte.

„Hast du schon einen festen Partner?"

Hannah schüttelte den Kopf.

„Willst du mit mir gehen …?", sagte Gabriel. Als er die Zweideutigkeit seiner Frage bemerkte, war es auf einen Schlag auch mit seiner Coolness vorbei. „Ich meine, zum Tanzkurs gehen. Erst mal. Ich würde es richtig toll finden, wenn du, also, mit mir und so …"

„Ich würde unheimlich gerne mit dir gehen …", flüsterte Hannah. „Zum Tanzkurs … erst mal …"

Hannah sah Gabriel lange in seine dunkelbraunen Augen. Dann drehte sie sich um und lief aus dem Raum.

In ihrem Zimmer warf sie die Tür hinter sich ins Schloss und rutschte mit dem Rücken an der Wand herunter.

Lena lag noch immer auf Hannahs Bett und suchte ihr Kleid aus.

„Alles klar mir dir?", erkundigte sie sich.

Hannah erzählte, was sich in den letzten anderthalb Stunden zugetragen hatte. Jedes Wort, jeden Wimpernschlag wollte Lena ganz genau beschrieben haben.

„Wahnsinn!", lobte sie Hannah am Ende des Vortrags. *„Ich würde unheimlich gerne mit dir gehen ... zum Tanzkurs ... erst mal ...* – das ist brillant! Der beste Spruch ever!"

Auch als es schon längst dunkel war, konnte Hannah noch immer nicht schlafen. Sie sah sich auf dem Abschlussball, auf der Tanzfläche, in den Armen von Gabriel, ihrem großen Schwarm.

GLÜCKSPILZ

„Das Leben ist einfach herrlich", flüsterte Hannah sich zu. Nun musste sie nur noch die Zeit bis zur nächsten Tanzstunde rumkriegen.

Die Lehrer halfen zum Glück dabei. In Englisch und Bio bekamen sie am folgenden Tag so viele Hausaufgaben auf, dass Hannah gar nicht alles bis zur Probe schaffte. Und dann war da natürlich noch die verflixte Mathearbeit, für die sie büffeln mussten. Auch Madame Clodell forderte sie beinahe bis zum Umkippen. Immer und immer wieder ließ sie ihre beste Schülerin einen Gesangspart üben, der ihr noch nicht gefiel. Dabei musste

Hannah über die Bühne tanzen und mehrere komplizierte Sprünge machen. Noch eine Nacht, noch ein Schultag waren zu überstehen, dann war es endlich so weit: Sie betrat den Ballsaal! Ihr Herz klopfte wie wild. Gabriel stand wie immer mit seinen Freunden zusammen und alberte herum. Doch als er Hannah sah, kam er sofort auf sie zu.

„Hi, gilt dein Angebot von vorgestern noch?", erkundigte er sich. Seine Augen leuchteten.

Hannah nickte. „Klar, ich hoffe, deins auch?"

Gabriel verbeugte sich wie ein Pianist nach erfolgreicher Aufführung. „Stets zu Diensten, meine Dame."

Von da an wich er Hannah tatsächlich den ganzen Kurs über nicht mehr von der Seite. Jeden Jungen, der sich ihr nur näherte, sah er böse an. Hannah genoss es. Sie genoss auch die Missachtung von Nicole. Und sie genoss jeden Tanz. Gabriel machte das verdammt gut. Und sie fand es überhaupt nicht unangenehm, ihm so nahe zu kommen. Maestro Jean-Paul Ricken lobte die beiden mehrmals vor den anderen und ließ sie den ganzen Kurs über zusammen tanzen. Für ihn schien klar zu sein, dass sie auch sonst ein Pärchen waren. Auch wenn Hannah und Gabriel sich sonst im Schloss trafen – und diese „Zufälle" häuften sich –, schienen Blitze zwischen ihnen hin und her zu fliegen. Es war nur noch eine Frage der Zeit, bis sie ein richtiges Paar werden würden. Das war jedem auf dem Internat klar. Bis zu dem Abend vor dem Crazy Cool.

Hannah hatte ihre allerbeste Freundin aller Zeiten in ihren

Lieblingsladen begleitet. Lena brauchte unbedingt einen dünnen Sommerpulli für die Abende am Strand. Bis zu den Ferien war es schließlich nicht mehr lange. Die Frau hinter der Kasse begrüßte beide mit Küsschen. Lena fand zwar keinen Pulli, aber drei T-Shirts, eine Hotpants und zwei Paar Sandalen.

„Die braunen sind ein Geschenk für dich", verriet Lena gerade, als sie aus dem Crazy Cool auf die Straße traten. Beinahe wären sie mit einem Pärchen zusammengestoßen. Hannah wollte sich gerade entschuldigen, als im Bruchteil einer Sekunde ihre Welt zusammenbrach. Der Junge war Gabriel. Und das Mädchen, um das er den Arm gelegt hatte, war Nicole!

Gabriel zuckte zusammen. „Hannah!", rief er erschrocken und zog den Arm von Nicoles Schulter. „Was machst du denn hier?"

„Was geht dich das denn noch an", stammelte Hannah. Ihr drehte sich der Magen um.

Gabriel trat ganz nahe an sie heran und packte sie an den Schultern. „Hannah, es ist nicht so, wie du denkst", versuchte er zu erklären. „Nicole und ich … wir sind nicht zusammen. Wir sind … gute Freunde …"

Hannah riss sich los. „Dann wünsche ich euch viel Spaß, ihr guten Freunde. Heute Abend und bei den nächsten Tanzstunden!"

Sie drehte sich um und rannte zum Schloss zurück. Dort erwartete Hannah die nächste Überraschung. Basti hockte vor der Tür zu ihrem Zimmer. Wie es aussah, wartete er schon eine ganze Weile.

„Hast du dich verlaufen?", blaffte Hannah ihren Klassenkameraden an.

Basti stand auf und schüttelte den Kopf. „Ich? Nein, ich wollte zu dir", antwortete er unsicher.

Hannah stemmte die Hände in die Hüften. „Was gibt's denn?" Sie hätte Basti schlagen können, dabei konnte er doch überhaupt nichts für ihre Wut. Die Schläge hatte jemand ganz anderes verdient.

Basti holte tief Luft. „Hannah, ich möchte ... ich würde ... Also, ich finde dich toll. Und ich würde gerne mit dir zum Ball gehen ..."

Hannah war baff. Sie freute sich über Bastis Bitte, aber im Moment passte es einfach gar nicht. Ihre Gedanken waren ganz woanders als bei diesem verflixten Ball. Aber dann riss sie sich zusammen.

„Basti", antwortete sie mit zittriger Stimme. „Danke, dass du mir das gesagt hast. Vielleicht wird irgendwann mal was aus uns beiden. Aber hier und heute nicht. Du bist ein guter Kumpel für mich. Und jetzt lass mich bitte allein."

Basti sah Hannah mit großen, traurigen Augen an. Dann

nickte er und trottete durch den Flur zum Jungenhaus hinüber.

Hannah schloss die Tür zu ihrem Zimmer auf. Es war Zeit, eine Entscheidung zu treffen.

Hannah hat alles satt: den Tanzkurs, den Ball und Gabriel sowieso. Das Ballkleid, das sie mit Lenas Geld bestellt hat, schickt sie wieder zurück und meldet sich für die letzten Tage des Schuljahres krank. Wenn du das genauso gemacht hättest, lies weiter auf Seite 149.

Hannah packt das Ballkleid, das sie mit Lenas Geld bestellt hat, aus und macht sich am Abend des Balls so schön wie möglich. Dann geht sie allein hin und tanzt einfach mit jedem mal. Außer mit Gabriel, versteht sich. Wenn du findest, dass das die richtige Entscheidung ist, lies weiter auf Seite 94.

# Prinzessin zwei

Hannah traf Basti am nächsten Morgen im Speisesaal. Sie winkte ihm fröhlich zu, aber er nickte nur und hockte sich mit seinem Tablett an den hintersten Tisch. Genau an den, wo vor knapp drei Wochen alles begonnen hatte. Hier hatte Hannah gesessen, als Basti ihr seine Liebe gestand.

Lena wollte ihre allerbeste Freundin aller Zeiten zu dem Königstisch in der Mitte ziehen, von dem aus man alles im Blick hatte. Und vor allem: Wo man wirklich von allen gesehen wurde. Doch Hannah schüttelte den Kopf.

„Ich muss erst was klären", sagte sie leise und deutete mit dem Tablett auf Basti. Lena verstand. Sie und Hannah waren eben beste Freundinnen.

„Hi, Basti", sagte Hannah. „Ist bei dir noch frei?" – genauso, wie Basti damals gefragt hatte.

Basti sah sie an mit einem Blick wie Franz-Ferdinand, der

Dackel ihrer Köchin. „Nur wenn du mir die Wahrheit sagst."
Hannah setzte sich. „Deshalb bin ich hier. Du musst dir keine Sorgen machen. Gabriel hat mich gefragt, ob ich mit ihm zum Ball gehe. Ich habe abgesagt. Das kam mir doch ein bisschen zu schnell. Und was mit Nicole ist, wollte er mir auch nicht so richtig verraten. Sie hätten nur mal geknutscht, sonst nichts. Aber ich glaube ihm nicht."
Hannah fasste nach Bastis Hand, mit der er lustlos mit einem Löffel im Müsli herumrührte.
„Ich gehe mit Basti zum Ball, habe ich ihm geantwortet. Wer mit mir tanzen will, muss mir das Gefühl geben, dass ich für ihn wichtig bin. Das hat Basti getan."
In diesem Moment betrat Gabriel den Saal. Seine Kumpel rissen die üblichen dummen Sprüche über alle und jeden. Gabriel machte nicht mit. Er sah zu Hannah und Basti und nickte beiden kurz zu.
„Siehst du, er akzeptiert meine Absage", glaubte Hannah.
„Außerdem tanzen wir wie Weltmeister zusammen. Warum sollte ich dir absagen?"
Basti ließ den Löffel sinken. Langsam machte sich ein Strahlen auf seinem Gesicht breit.
„Wirklich? Dann wird mein Traum also wahr?"
Hannah nickte. „Wenn das dein Traum war, ja." Sie stand auf. „Komm, wir müssen zu Englisch. Und heute Nachmittag

nimm dir mal nichts vor. Da müssen wir dringend ins Crazy Cool."

Basti sah verwundert zu Hannah auf. „Aber Nadine hat doch gesagt, von ihr könnten wir nichts mehr lernen."

Hannah lächelte geheimnisvoll. „Nichts über Walzer, aber heute geht es um etwas anderes, was für den Ball genauso wichtig ist …"

Den ganzen Vormittag starrte Basti Hannah an, als hätte er noch nie ein so schönes Mädchen gesehen. Hannah fühlte sich geschmeichelt. Manchmal war sie sich gar nicht mehr so sicher, ob sie nicht doch in ihn verknallt war. Zumindest war sie gerne mit Basti zusammen. Mittlerweile war er ihr fast schon so vertraut wie Lena. In seiner Gegenwart verstellte sie sich nicht, sie konnte so sein, wie sie wirklich war. Und gerade das schien Basti zu gefallen. Nach der Musicalprobe verschwand Hannah noch einmal in ihrem Zimmer, um zu duschen und sich ein frisches Kleid anzuziehen. Der Sommer war nun endgültig da. Sie entschied sich für ihr Lieblingsstück. Ein einfach geschnittenes, ärmelloses Kleid aus federleichtem gelbem Stoff, das ihr gerade so übers Knie ging. Der prüfende Blick in den Spiegel bestätigte: Sie sah umwerfend aus.

Vor dem Schloss wartete Basti.

„Wow", sagte er leise. „Du siehst … also, wow …!"

Hannah lachte. „Danke, so fühle ich mich auch gerade."
Dicht nebeneinander gingen sie den Weg am See entlang in die Stadt, den sie in den letzten Wochen so oft zusammen gegangen waren. Basti schwieg. Bis sie am Crazy Cool ankamen.
„Jetzt bin ich echt gespannt", platzte er heraus.
Hannah grinste. „Heute ist Zahltag", verriet sie endlich. „Wenn ich richtig rechne, habe ich insgesamt dreiundzwanzig Stunden im Laden gearbeitet. Mal sechs Euro, macht unglaubliche 138 Euro. Ich bin reich!"
Basti strahlte. „Wahnsinn! Und was machst du mit dem Geld? Ein Rennpferd kaufen? Eine Yacht? Einen Sportwagen?" Er zwinkerte Hannah zu.
„Na, da reicht's wohl kaum für den Rückspiegel. Nein, ich mache damit das, was Mädchen am liebsten tun: Shoppen!"
„Und dafür brauchst du mich?"
Hannah nahm Basti an die Hand und stieß die Tür des Crazy Cool auf. „Ja, dafür brauche ich dich sogar ganz dringend", bekräftigte sie. „Wir suchen nämlich mein Ballkleid aus."
Nadine kam ihnen entgegen und Hannah fiel ihr um den Hals. Längst war aus ihrer Chefin eine richtig gute Freundin geworden. Oder eher die große Schwester, die Hannah sich ihr Leben lang gewünscht hatte. Auch Basti hauchte Nadine links und rechts Küsse auf die Wange.
Obwohl der Laden ziemlich voll war, lotste Nadine die beiden zur Umkleidekabine. Dort hingen drei Kleider an der Wand.

So vornehm, dass sie eigentlich gar nicht ins Crazy Cool passten.

„Ich habe schon mal eine Vorauswahl getroffen und diese drei Schmuckstücke bestellt", verkündete Nadine so, dass es auch wirklich alle Kunden hören konnten. „Du sollst ja bei eurem Ball die Allerschönste sein!"

Hannah wurde rot. Jetzt würde sie also der halben Stadt die Kleider vorführen müssen.

„Okay, danke!", sagte sie und machte ein grimmiges Gesicht. Nadine warf ihr eine Kusshand zu.

Hannah betrachtete die Kleider genauer. Nadine hatte einen hervorragenden Geschmack, das wusste sie. Olli ließ sich kaum noch im Laden blicken und überließ Nadine fast alles, auch die Auswahl der Klamotten.

„Hm", murmelte Hannah. „Welches probiere ich denn als Erstes an?"

Sie entschied sich für das bodenlange Kleid aus golden schimmerndem Stoff. Es hatte Puffärmel und eine Stoffblume in Höhe der linken Brust.

Als sie damit aus der Kabine kam, klatschte Nadine.

Doch auch das coole Schlauchkleid mit dem breiten Gürtel und das elegante schwarze Ballkleid standen Hannah hervorragend.

„Entscheide du", sagte Hannah zu Basti. „Ich sehe mich schließlich nur einmal im Spiegel, aber du musst mich den ganzen Abend so ertragen."

„Ertragen?" Basti winkte ab. „Du bist in allen dreien umwerfend. Aber das Goldene mit der Blume ist das Allerbeste."

Nadine hob den Daumen. „Sehr gute Wahl", lobte sie. „Und es kostet ..." Sie tat so, als müsste sie das Preisschild suchen. „Moment, es kostet ... genau 138 Euro."

Hannah wusste, dass es gelogen war. Dieser Traum in Gold musste mindestens das Doppelte kosten. Doch Nadine ließ sich nicht darauf ein, ihr mehr Geld abzuknöpfen, als sie in den letzten Wochen hier verdient hatte.

„Du kommst doch auch nach dem Ball noch, oder?", hakte sie nach. „Olli will mir den Laden verkaufen und ohne Hilfe schaffe ich das alles nicht."

Statt einer Antwort fiel Hannah ihr um den Hals. Nadine, ihrer großen Schwester. „Danke für alles", hauchte sie ihr ins Ohr und musste sich tatsächlich eine Träne von der Wange wischen. „Natürlich komme ich, wann immer du mich brauchst. Und wenn im Herbst die Premiere von unserem Musical ist, dann sitzt du in der ersten Reihe!"

Zwei Tage später war der Ball. Als Hannah in ihrem goldenen Kleid den Saal betrat, hielten alle den Atem an. Auch Gabriel.

Basti platzte fast vor Stolz. In seinem schwarzen Anzug war er der hübscheste Junge der Schule, fand Hannah. An seinem Arm fühlte sie sich wie eine Königin.

Lena hatte eines der Kleider aus dem Katalog bestellt. Auch sie war schön. Nicole jedoch trug ein Kleid, das an ihr herunterhing wie ein Mehlsack, auch wenn es sicher zehnmal so teuer gewesen war wie Hannahs. Besonders bei der Frisur hatte Nicole voll danebengegriffen. Gabriel, der sie zum Ball begleitete, versuchte, sich nichts anmerken zu lassen.

„Sie sieht aus wie ein gerupftes Huhn", flüsterte Lena Hannah zu.

Als alle Paare auf der Tanzfläche standen, hielt die Direktorin eine kurze Rede und begrüßte die Gäste. Hannah winkte ihrer Mutter und ihrem Vater zu, die neben den Eltern von Lena saßen. Sie spürte es deutlich: Es würde ein unvergesslicher Abend werden.

„Es war der Moment, als das Orchester den ersten Ton spielte, in dem ich mich in Basti verliebt habe", sagt Hannah heute. „Wir sind nur so über die Tanzfläche geflogen. Sein Arm lag auf meinem Rücken, als würde ich zu ihm gehören. Einfach majestätisch."

Seitdem hat Basti Hannah kaum losgelassen. Lena war am Anfang ein bisschen eifersüchtig, weil ihre allerbeste Freundin aller Zeiten nun nicht mehr rund um die Uhr für sie da war. Aber dann hat sie gemerkt, dass manche Dinge durch Teilen nur größer werden. Zum Beispiel Freundschaften. Und seit sie mit Jerome zusammen ist, sieht man sie sowieso nur noch zu viert überall auftauchen. „Das Kleeblatt", nennt Nicole sie spöttisch. Doch insgeheim ist sie ziemlich neidisch auf das Glück von Hannah und Basti. Mit Gabriel lief nämlich tatsächlich nichts. Gabriel ist immer noch

Single. Er reißt immer noch die alten Witze, über die längst keiner mehr lacht. Nur tolles Aussehen nützt eben nichts, denkt Hannah oft. Auch der Charakter muss stimmen. Und da hat sie mit Basti einfach einen Volltreffer gelandet.

*Ende*

# Prinzessin eins

Es war der Tag des großen Balls. Seit dem Abend, an dem Gabriel vor dem Crazy Cool aufgetaucht war, hatte Hannah ihr Zimmer nicht mehr verlassen. „Husten, Schnupfen, Masern, egal, was du Frau Malmedee erzählst", hatte sie noch gestern Lena angemotzt und sich wieder unter ihre Decke verkrochen.

Auch jetzt lag sie im Bett und wollte nie wieder aufstehen. Gegen die Liebe war einfach kein Kraut gewachsen! Hannah wälzte sich auf die linke Seite.

Gabriel hatte sich glaubhaft entschuldigt. Und mehr noch. Er wollte mit Hannah gehen. Nicht nur zum Ball. Auch so. Zusammen sein. Kuscheln. Händchen halten. Die Gefühle für ihn, die Hannah schon beerdigt hatte, waren wie Zombies wieder aufgetaucht und über sie hergefallen. Sie schwärmte für Gabriel, seit sie Schloss Heidesand zum ersten Mal betreten hatte. Und Basti *war* eben nicht mehr als ein guter Kumpel. Hannah hatte ihm nie etwas anderes gesagt oder falsche Hoffnungen gemacht. Und trotzdem ging es ihr mies. Jetzt sogar doppelt, denn sie musste auch Gabriel enttäuschen. Außerdem hatte sie kein Kleid. Und in ihren normalen Klamotten konnte sie unmöglich auf dem Ball auftauchen.

Den ganzen Vormittag über blieb Hannah im Bett. Als sie sich gerade wieder auf die rechte Seite drehte, klopfte es an der Tür.

„Hmm?", brummte sie. Die Tür ging langsam auf. Hannah blinzelte unter ihrer Decke hervor. Sie schluckte. Es war Gabriel. Verdammt, und sie sah wie eine Vogelscheuche aus!

„Geh weg!", kommandierte sie. „Ich bin nicht vorzeigbar!"
Doch Gabriel kam trotzdem näher. Er hielt irgendetwas hinter seinem Rücken versteckt.

„Vielleicht nicht im Schlafanzug", antwortete er lachend. „Aber mit dem hier …?"

Hannah wühlte sich aus ihrer Höhle. Die Neugier war zu groß.

Gabriel hielt ihr ein Kleid hin. Ach was, nicht *ein* Kleid. Das schönste Kleid, das Hannah jemals gesehen hatte. Der blassrosa Stoff war über und über mit Perlen bestickt. Das war kein Kleid für Mädchen, das war ein Kleid für eine Frau. Für eine Frau auf einem ganz besonderen Fest.

„Das ist der Wahnsinn!" Hannah schüttelte ungläubig den Kopf. „Woher weißt du so genau, was mir gefällt?"

Gabriel grinste. „Ich könnte ja jetzt sagen, weil ich dich liebe. Aber das ist nur die halbe Wahrheit. Lena hat es ausgesucht."

Lena drückte sich durch die Tür.

„Hier muffelt es ganz schön", beschwerte sie sich. „Ich mach mal das Fenster auf." Sie riss die Gardine zur Seite und ließ frische Luft herein.

„Also, kommst du heute Abend?", fragte Gabriel. Er hauchte Hannah einen Kuss auf die Wange.

„Wie geht es Basti?", erkundigte sich Hannah bei Lena. Die zuckte mit den Schultern.

„In ihn reinsehen kann ich nicht, aber heute hat er auf jeden Fall wieder gelacht", berichtete sie. „Auf den Ball geht er übrigens mit Stella. Und sie scheinen beide nicht unglücklich darüber zu sein."

Hannah schwang sich aus dem Bett. „Gabriel, du musst jetzt gehen", befahl sie ihrem Freund. „Wie wir uns in den nächsten Stunden hübsch kriegen, ist Mädchengeheimnis!"

Gabriel gehorchte. Und als er seine Tanzpartnerin am Abend im Anzug abholte, fiel ihm die Kinnlade runter. Hannah war ja immer schön. Doch in dem Kleid sah sie wie ein Filmstar aus.

## FILMSTERNCHEN

„Hannah, bist du's?", stammelte er.

Hannah drückte ihm als Antwort einen Kuss auf die Lippen. „Wenn's jetzt in deinem Bauch kribbelt, dann ja."

Gabriel nickte. Dann hakte er Hannah unter und führte sie durch die Gänge des Schlosses zum Ballsaal. Dort entdeckte Hannah dann die nächste Überraschung. Lena hatte auch ihre Eltern eingeladen. Hannah warf ihnen eine Kusshand zu.

Ihre Mutter war sichtlich beeindruckt. Der ganze Saal war mit Kerzen erleuchtet, draußen spiegelte sich die untergehende Sonne im See und warf orangerotes Licht durch die Fenster herein. Die Schüler waren kaum wiederzuerkennen. Alle Mädchen, wirklich alle, hatten schicke Kleider an. Die Jungs trugen Anzüge, manche wirkten darin wie Liftboys, anderen standen die Hosen und Jacketts richtig gut. Am tollsten sah natürlich Gabriel aus. Hannah konnte nicht anders, sie musste ihn küssen. Dabei fiel ihr Blick auf Basti. Er führte gerade Stella herein, die heute wirklich nicht wie ein Mauerblümchen wirkte. Ihr Kleid war fabelhaft! Basti nickte Hannah knapp zu. Alles in Ordnung, sollte das wohl heißen. Hannah fiel ein Stein vom Herzen. Dann erklang die Musik und ein unvergesslicher Abend begann.

Seitdem hat Hannah ihre Meinung völlig geändert. Sie ist gerne jung, flippig und cool. Aber den traditionellen Ball von Schloss Heidesand hat sie trotzdem schon hundertmal gegen Schüler von außen verteidigt. Sie liebt die Fotos vom Ball, auch weil sie darauf schon wie sechzehn aussieht. Gabriel

liebt sie auch. Im Anzug oder in Jeans. Was Hannah immer gefühlt hat, ist eingetreten: Gabriel ist ein fürsorglicher Freund, mit dem sie über alles reden kann. Hannah hat überhaupt keine Ahnung mehr, wie sie es jemals eine Sekunde ohne ihn ausgehalten hat. Basti hat ihr irgendwann das Gedicht in die Hand gedrückt, das er für sie geschrieben hatte. Es war sehr schön und nicht der übliche Kitsch. Aber es war leider vom falschen Jungen. Deshalb berührte es auch Hannahs Herz nicht richtig. Die beiden haben sich ausgesprochen, doch Basti liebt Hannah noch immer ein bisschen. Aus der Sache mit Stella wurde nichts. Basti ist auch heute noch solo.

*Ende*

# Wie viel Prom-Queen steckt in dir?

*1. Heute ist der Schulball. Wie viel Zeit verbringst du damit, dich für den Ball schick zu machen?*
- ☒ Heute möchte ich besonders schön aussehen. Deshalb beginne ich mit dem Styling direkt morgens nach dem Aufstehen.
- ☒ Nicht viel, vielleicht 15-30 Minuten. Wie bei einer normalen Party auch.
- ☐ An die zwei bis drei Stunden. Aber meine Mädels und ich stylen uns gemeinsam. Das heißt, das kann auch schon mal länger dauern.

*2. Deine Schule bietet zur Vorbereitung auf den Ball einen Tanzkurs an. Nimmst du daran teil?*
- ☒ Ja, so ein Tanzkurs macht bestimmt Spaß und ist sicher auch für später nützlich.
- ☐ Ja klar! Ich will schließlich auf dem Ball eine gute Figur machen und dafür muss jeder Tanzschritt perfekt sitzen.
- ☒ Vielleicht. Kommt darauf an, ob meine Freunde auch mitmachen.

*3. Wie oft sprichst du im Vorfeld mit deinen Freundinnen über den Ball?*
- ☒ Je näher der Ball rückt, desto öfter reden wir darüber. Es macht Spaß, sich den Abend gemeinsam auszumalen.
- ☐ Ab und zu – der Ball ist schließlich nur eine Feier unter vielen.
- ☒ Es ist Gesprächsthema Nummer 1, seitdem der Termin feststeht.

*4. Mit wem gehst du auf den Ball?*
- ☐ Es ist mir nicht wichtig, mit einem Date auf den Ball zu gehen. Wenn mich ein netter Junge fragt, dann sag ich Ja, ansonsten gehe ich mit meinen Freunden hin.

- ⬤ ☐ Auf jeden Fall mit dem coolsten Typ der Schule. Der wird auf dem Ball neben mir die beste Figur machen – und wir sind auch schon ewig dafür verabredet.
- ☒ Am liebsten natürlich mit meinem Schwarm. Das wäre die Chance, ihm näher zu kommen.

*5. Wie weit im Voraus planst du dein Outfit für den Ball?*
- ⬤ ☐ Meine Termine für Friseur, Maniküre, Pediküre usw. stehen schon seit Ewigkeiten fest. Und das Kleid hängt auch schon seit Wochen im Schrank.
- ☒ Kleid und Schuhe kaufe ich etwa ein bis zwei Wochen vorher. Braucht man sonst noch was?
- ☐ Kleid, Schmuck und Schuhe kaufe ich schon recht früh. Aber um den Rest kümmere ich mich erst kurz vor dem Ball.

*6. Wie sieht dein Ballkleid aus?*
- ☒ Zu mir passt am besten ein locker fallendes, elegantes, bodenlanges Kleid. Vielleicht mit ein paar Pailletten oder Perlen. Es sollte aber nicht zu teuer sein.
- ⬤ ☐ Na, so wie ich es mir seit Jahren ausmale: ein auffallendes Kleid mit Reifrock und viel Glitzer. Wie eine Märchenprinzessin eben, Preis egal!
- ☒ Über das Kleid hab ich mir noch gar keine Gedanken gemacht. Es sollte etwas Schlichtes, Praktisches sein, was man auch noch auf eine andere Feier anziehen kann.

*7. Hilfst du deinen Freundinnen dabei, das perfekte Ballkleid zu finden?*
- ⬤ ☐ Ich bin sofort dabei, wenn ich mit Styling-Tipps und meinem Trendgefühl helfen kann.

- ☐ Klar, macht schließlich Spaß, gemeinsam shoppen zu gehen. Und vielleicht haben die Mädels ja auch gute Tipps für mich. ✗
- ☐ Wenn es ihnen wichtig ist, natürlich!

*8. Darf dich dein Date vor dem Ball im Kleid sehen?*
- ☐ Auf keinen Fall! Ihm soll ja die Kinnlade runterfallen, wenn er mich auf dem Ball das erste Mal sieht. ✗
- ☐ Warum nicht? Ist ja schließlich nicht das Hochzeitskleid.
- ☐ Am tollsten wäre es natürlich, wenn mir mein Schwarm beim Aussuchen des Kleids helfen würde.

*9. Deine Verabredung für den Ball will an diesem Tag lieber mit dir ins Kino gehen. Was machst du?*
- ☐ Ob Ball oder Kino ist mir eigentlich egal. Hauptsache, es wird ein netter Abend.
- ☐ Mein Date würde nie auf die Idee kommen, den Ball sausen zu lassen. Dem ist der Ball ja genauso wichtig wie mir.
- ☐ So toll ich meinen Schwarm auch finde, ich will schon echt gern auf den Ball. Ich überrede ihn, auch auf den Ball zu kommen und einfach morgen ins Kino zu gehen. ✗

*10. Wie wichtig sind dir Fotos von dir auf dem Ball?*
- ☐ Hauptsächlich geht es mir darum, auf dem Ball Spaß zu haben. Aber ein paar hübsche Fotos von mir und meinen Leuten wären natürlich schon toll. ✗
- ☐ Wozu? Okay, eventuell ein Foto fürs Familienalbum und für Oma.
- ☐ Was für eine Frage! Ich habe meine Freundinnen schon beauftragt, ganz viele Fotos zu machen und auf Facebook und Instagram zu posten.

*Liebe*

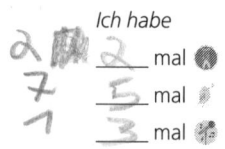

*Ich habe*

2 mal 🌑
5 mal ✦
3 mal 🌸

**Auswertung:**

*Hauptsächlich* 🌑 *:*
Du bist die Prom-Queen schlechthin: ein Kleid wie aus dem Märchen, die Aufmerksamkeit deiner Mitschüler, der perfekte Abend. Du weißt genau, was du willst und wie der Ballabend für dich ablaufen soll. Bei den Vorbereitungen überlässt du nichts dem Zufall. Du hast unheimlich viel Spaß daran, für diesen Abend in die Rolle einer wunderschönen Prinzessin zu schlüpfen.

*Hauptsächlich* ✦ *:*
Du gehst sehr gern auf Bälle: ein schönes Kleid, gemeinsames Aufstylen mit deinen Mädels, mit deinem Schwarm tanzen. Die Vorbereitungen und der Glamour am Abend gefallen dir. Dabei geht es dir aber nicht darum, die Schönste zu sein, sondern mit deinen Freundinnen und deinem Schwarm einen ganz besonderen Abend in einer tollen Location zu verbringen.

*Hauptsächlich* 🌸 *:*
Insgeheim findest du Bälle übertrieben: Sie werden viel zu sehr gehypt und alles soll perfekt sein. Für dich ist der Ball eine Party wie jede andere auch – nur fancier und teurer. Du gehst zwar hin, aber hauptsächlich, um mit deinen Freunden Spaß zu haben und einen tollen Abend zu verbringen. Das ist dir viel wichtiger als im Mittelpunkt zu stehen.

# Ravensburger Bücher

## Unverhofft kommt oft

Sonja Bullen

**Herzklopfen beim Schüleraustausch**

1000 Gefühle, Band 1

Lena freut sich wie verrückt auf ihren Schüleraustausch. Doch am Flughafen der Schock: Ihre Austauschschülerin Riley ist überhaupt keine sie, sondern ein er! Soll Lena eine Woche mit dem süßesten Typ der ganzen Engländer-Truppe im selben Zimmer verbringen? Oder soll sie die Lehrer bitten, stattdessen eins der Mädchen zugeteilt zu bekommen?

ISBN 978-3-473-**52557**-7

www.ravensburger.de

**Ravensburger**

# Ravensburger Bücher

## 1000 mal Herzklopfen und weiche Knie

Diese Bände sind bisher erschienen:

| Habe ich | | | ISBN 978-3-473- |
|---|---|---|---|
| ○ | Band 1 | Herzklopfen beim Schüleraustausch | 52557-7 |
| ○ | Band 2 | Liebesalarm auf dem Tierhof | 52558-4 |
| ○ | Band 3 | Gefühlschaos beim Chatten | 52559-1 |
| ○ | Band 4 | Traumtyp am Filmset | 52560-7 |

www.ravensburger.de